# À LA TABLE DES HOMMES

à Christian

SYLVIE GERMAIN

# À LA TABLE DES HOMMES

roman

ALBIN MICHEL

IL A ÉTÉ TIRÉ DE CET OUVRAGE

*Vingt exemplaires*
*sur vélin bouffant des papeteries Salzer*
*dont dix exemplaires numérotés de* 1 *à* 10
*et dix exemplaires, hors commerce, numérotés de* I *à* X

*À Naoto Matsumura*
*le gardien des animaux de Fukushima*

*À Wroushka*

# I

Or me voici, moi que la terre a mis au monde…

Grégoire de Narek

La paille fraîchement répandue dans l'enclos forme un îlot doré qui luit au soleil du matin, elle exhale une odeur douceâtre, celle du corps étendu sur ce pan de jaune d'or est plus lourde, pénétrante. Corps de la mère, tout de roseur soyeuse et d'une splendide énormité, voluptueux de tiédeur.

Elle gît là, couchée sur le flanc, paisible. Elle hume l'air, le vent, les effluves de la terre, d'un feu de bois au loin, et ceux de l'étang tout proche, les bouffées d'ombre humide qui sortent des bâtiments alentour, la senteur de la paille et celle de ses petits blottis contre son ventre. Une huitaine, pressés les uns contre les autres, se bousculant, chacun rivé à l'un de ses trayons. Il en manque deux de la portée ; l'un est mort à la naissance, l'autre, pas assez combatif, n'a pas réussi ce jour-là à se frayer une place dans la cohue pour accéder à la tétine qui lui est normalement dévolue. Il attend, un peu en retrait, désemparé, couinant de faim et de colère.

Soudain la truie relève la tête, son corps tressaille, les

nourrissons grommellent mais sans lâcher les pis. Elle a flairé une odeur insolite, une intruse dans le remous des familières, ou un bruit, qui la jette en alarme. Elle voudrait se dresser sur ses pattes, mais son poids l'entrave, elle oscille en grouinant, de plus en plus fort. Son cri, bien que perçant, est bientôt inaudible, recouvert par un bruit plus puissant. Un long chuintement qui croît, se gonfle, s'aiguise à une vitesse inouïe, déchire le ciel à l'oblique et s'apothéose en une formidable détonation. Mais elle n'est pas unique, cette stridence, d'autres lui succèdent à un rythme effréné, le bleu du ciel est lacéré de toutes parts. Il siffle, le ciel, il hue, il froue, glatit comme un colossal nid de rapaces en furie qui fondent sur la terre et dont les becs, sitôt qu'ils touchent le sol, fracassent arbres et maisons, ouvrent des trous géants, allument des feux encrassés de fumées noires, chargés de puanteurs suffocantes.

Du grand corps de la mère allaitant sa marmaille sur une litière couleur soleil, il ne reste plus qu'un amas de chair brûlée, et des petits, une bouillie noirâtre. L'un d'eux a été projeté à quelques mètres, désolidarisé de force de sa fratrie restée collée au ventre maternel, mais il n'était pas le moins glouton – au bout de son museau pendille un tronçon de chair rose, le trayon qu'il tétait quand la mort l'a fauché.

La maison des maîtres est éventrée, l'étable, la grange

sont en flammes, un cratère fume au milieu de la cour. Le poulailler n'a pas été touché, seul son toit s'est affaissé ; aucune victime parmi les poules qui s'en échappent en claquetant d'effroi. Une femme s'en extirpe, moins véloce que les poules. Elle est jeune, jolie peut-être, mais elle est tellement barbouillée de jaune d'œuf, de fiente, de poussière et de boue, qu'on ne distingue plus les traits de son visage, et si bien attifée de plumes qui tremblotent dans ses cheveux et criblée d'éclats de coquilles, qu'elle en est cocasse. Elle avance en titubant dans la lumière souillée de fumée âcre, trop sonnée pour recouvrer ses esprits. Elle marche au ralenti, comme un automate dont les ressorts seraient relâchés. Tant de vacarme autour d'elle – la basse assourdissante des flammes qui partout ronflent, les arbres en torches qui s'effondrent, les murs qui éclatent, les charpentes qui s'écroulent, les bêtes blessées ou affolées qui beuglent, caquettent, bêlent, vagissent à tue-tête. Tant de silence aussi – celui des voix humaines. Sa mère, son jeune frère, sa tante, et son fils. Tout petit encore, celui-là, c'est bientôt l'heure de l'allaiter, il devrait déjà réclamer, d'ailleurs. Il est impatient, vigoureux, son garçon, et gourmand avec ça. Pourquoi ne pleure-t-il pas ? Toutes les bêtes se lamentent, et lui se tait ? J'arrive, j'arrive, lui crie-t-elle. Mais elle ne dit rien du tout, aucun son ne sort de sa bouche, sa langue est sèche comme un vieux copeau de bois.

J'arrive, j'arrive… mais que la maison est loin, soudain, chaque pas vers elle coûte tant d'efforts. Voilà, c'est à cause de cette distance qu'elle ne réussit pas à percevoir les appels des siens, les pleurs de faim de son enfant. Quand elle sera enfin à proximité, elle les entendra, elle leur répondra. J'arrive, j'arrive… mais où ? Il n'y a plus de bâtisse, rien qu'un gros éboulis de pierres, de poutres, de tuiles, où zigzaguent des brandons erratiques et des volutes de fumée. Et le petit qui n'appelle toujours pas.

Elle parvient enfin devant ce qui était il y a un instant encore sa demeure. L'instant bascule dans l'éternité. Ses yeux suivent les feux follets qui caracolent dans les décombres. D'entre deux pierres émerge un bras, la main qui pend à son extrémité tient une cuiller en bois. De la cuiller gouttent de grosses perles couleur d'ambre. La cuisine embaumait, ce matin, sa mère et sa tante préparaient de la gelée de coings ; son frère assistait à la cérémonie de la cuisson pour le bonheur de sentir l'arôme des fruits, du sucre et du jus de citron chauds, de la cannelle, et le plaisir de touiller, de manier l'écumoire puis de remplir les pots. Le petit, lui, somnolait dans son couffin posé sur un banc. La cuisson dure longtemps, elle s'opère à feu vif et nécessite un remuage régulier. Mais laquelle des deux confiturières lui tend cette cuiller suintant de gelée pour la lui faire goûter et lui demander son avis sur l'état de la cuisson ? Elles avaient disposé de nombreux pots sur la table, de belles réserves dans l'attente du retour des hommes.

Elle se détourne de la cuiller, part errer dans la cour, elle trébuche contre des cailloux, des branches, des débris d'objets, d'outils, des oiseaux disloqués, des morceaux de corps d'animaux. Elle bute contre le cochonnet renversé sur le dos, pattes en l'air, et qui tire bizarrement la langue. Elle s'arrête, le regarde. Elle connaît l'anatomie des bêtes de sa ferme, les cochons n'ont pas des langues de la sorte, il s'agit d'autre chose. Elle ne nomme pas cette chose, même mentalement. Elle s'éloigne, d'un coup s'immobilise, porte les mains à son ventre, elle vomit. Elle se laisse tomber sur le sol, et reste là, recroquevillée. Ne plus bouger, ne rien vouloir, ne rien nommer, ne pas penser, tout juste respirer, à peine.

Le porcelet qui n'avait pas trouvé accès aux mamelles de sa mère est le seul rescapé de la tribu, il a une entaille à l'épaule gauche. Mais la faim le tenaille davantage que la douleur, il se remet en mouvement, un peu boiteux et en lançant des grognements plaintifs. Il vagabonde à travers la cour dévastée, la tête penchée de côté à cause de sa blessure. Il renifle avec avidité, il cherche de la nourriture, mais tout sent le brûlé. Il s'approche de la femme repliée en chien de fusil sur le sol ; enfin une bonne odeur – de peau tiède, d'œuf frais, de vomi, et de lait. Il avance son groin vers ce corps prometteur, fouille dans ses cheveux, lui flaire la nuque, le visage. La femme sursaute au contact de ce museau humide et chaud qui lui grognonne dans le cou, elle se redresse, s'assied. Ils se font face, le porcelet et elle, ils se regardent dans un mélange d'étonnement et de confiance.

Elle voit qu'il est blessé, elle s'en émeut. Elle se lève, se dirige vers le réservoir d'eaux de pluie. Le cochonnet la suit. Le réservoir n'a pas été détruit, et la pompe en fonte, bien que légèrement tordue, fonctionne. La femme tire de l'eau, nettoie la plaie de l'animal, lui donne à boire, puis elle se lave le visage, les cheveux, les bras, les jambes, elle les frictionne avec énergie, brutalité même, et à son tour elle boit, en abondance. Elle enlève son tablier maculé de taches, de saletés, elle le jette. Le ciel est dégagé à nouveau, bleu de lin, et calme. Où sont les oiseaux de malheur qui l'ont traversé tout à l'heure en hurlant ? Nulle part, c'était un mauvais rêve. Elle va s'asseoir sur un talus, dos tourné à la ferme. Le porcelet ne la quitte plus, il vient se frotter contre ses genoux. Elle déboutonne son gilet, ouvre sa chemise, dégage un de ses seins, elle prend le goret dans ses bras, et l'allaite. Des gouttes d'eau froide tombent de ses cheveux trempés, le petit animal n'en a cure, il tète tout son soûl en grommelant de satisfaction.

Quand la tétée est finie, la femme remet en ordre

ses vêtements. Elle se lève, essore ses cheveux, et part vers la forêt sans se retourner. Son nourrisson à quatre pattes l'accompagne. À présent il sautille plus qu'il ne boite.

La femme marche au hasard dans la forêt, ou peut-être suit-elle, sans même y penser, un chemin qu'elle connaît bien pour l'avoir souvent emprunté. Elle ne réfléchit pas, ses pieds la mènent ainsi que le font les sabots des bêtes au soir quand la faim, la soif, la fatigue les conduisent vers leur mangeoire, l'abreuvoir, l'étable ou l'écurie. Mais elle n'a pas de lieu d'ancrage, de repos, en vue. Le porcelet gambade à sa suite, il découvre le monde, lui, il se repaît de sensations nouvelles.

Tout corps, même pris de folie, garde un savoir de ses limites ; celui de la femme s'arrête lorsqu'il vacille d'épuisement. Elle se laisse tomber au pied d'un arbre, et elle reste là, assise le dos contre le tronc, elle ne cherche pas à se construire un abri de fortune avec des branchages. Son regard flotte dans la lumière tamisée. Ses yeux ont la couleur du ciel, bleu de lin.

Le goret vient près d'elle, il lui touche le bras, le flanc, du bout de son museau qui frémit d'une fébrilité joviale. Elle le pose sur ses genoux, se penche vers lui, l'enserre dans ses bras. Elle le berce un moment et lui chantonne une ritournelle, sa voix est flûtée, limpide. Les mots, toujours les mêmes, glissent en douceur dans les oreilles de l'animal qui en éprouve un chatouillement exquis. *Tout doux, mon petit, fais dodo mon tout petit, Do do, dors en paix mon bel enfant, Do di dodila dodidou, fais dodo mon doux enfant, doudi dodilou doudila…* Il associe ce friselis de sons au plaisir qu'il ressent d'être ainsi câliné. La faim n'en est pas moins de retour, et il gigote dans le giron de la femme. Elle lui donne à nouveau la tétée, mais son lait déjà se fait moins abondant.

Il va baguenauder dans le sous-bois, sans trop s'éloigner de l'arbre où réside à présent son corps nourricier, dispensateur de caresses et de sons délicieux. Il est un peu perdu, tout est si neuf, surprenant – la solitude, les bruits, les odeurs, la consistance du sol. Sa blessure l'élance, mais il la supporte ; un porcelet ne se pose pas de questions, il fait avec ce qui advient, et d'instinct il assure sa survie.

Le soir tombe, accompagné de pluie, l'obscurité se répand, s'intensifie, et la fraîcheur vire au froid. Le petit revient près de la femme qui n'a pas bougé, à nouveau il la bouscule à légers coups de groin, elle tarde à réagir. Elle tremble. Il se blottit contre elle, elle pose une main sur son cou, le caresse vaguement, elle balbutie sa ritournelle, tout bas, avec lenteur. Mais le porcelet est content, il entend s'égrener le chapelet *dodi doudila dodidou* qui lui devient familier, comme celui de la pluie qui ruisselle. Il s'endort dans un grognement de bien-être.

Le matin il s'ébroue, et bientôt la faim le fait s'agiter, rognonner. Il tend son museau vers le sein de sa nourrice ; elle procède à l'allaitement, mais ses gestes sont ralentis, incertains, et son lait est encore plus pauvre et fade que la veille. Il a un goût d'eau salée. Le nourrisson s'échappe des bras alanguis de la femme. La pluie a cessé. Il part trottiner dans le bois, il fouille les tas de feuilles engluées de boue, il déniche des baies, des pousses tendres, des champignons, il goûte à d'autres nourritures, plus substantielles et savoureuses que le lait de larmes maternel. La terre gorgée d'eau fume quand le soleil pénètre le sous-bois, avivant les odeurs – humus, racines, écorce, mousse, fougères, fumets de bêtes, grandes et menues, nichant par-ci, courant par-là, filant partout, au ras du sol, le long des troncs, et dans les airs.

Il passe la journée à musarder et à glaner des aliments, des senteurs jusqu'à l'ivresse, il se repose à l'ombre de taillis, il ne retourne qu'au crépuscule vers son gîte. La femme est là, affaissée, le corps secoué de tremblements. Il se pelotonne à ses côtés, il attend sa ration de caresses et de *dodi doudilou*, mais la bouche aux lèvres craquelées n'émet que des sifflements râpeux. Le porcelet se trémousse en ronchonnant. Une main, aussi légère qu'une feuille, se pose sur sa tête, et quelques mots de la berceuse bruissent, non chantés. Ils se détachent un à un comme des gouttelettes quand fondent des cristaux de givre, presque inaudibles. La respiration sifflante de la femme altère la sonorité des syllabes. *Tout dou ou… ffais douddd… fffou doddenfffant…* L'animal bascule sur le dos, offrant son ventre aux caresses ; la main s'y échoue, elle est brûlante et ne sait que frissonner. C'est très plaisant, ces trémulations de chaleur sur la peau. Il sourit, d'un drôle de sourire propre aux cochons, puis il finit par se coucher sur le flanc, et s'endort.

Une secousse le réveille en sursaut. Le jour commence à poindre au-dessus des feuillages. La femme a redressé son dos contre le tronc, ses mains s'agitent, brassent le vide, et elle débite des paroles d'un ton morne et saccadé. « Verser les coings une fois bien cuits dans un tamis et laisser égoutter à fond tordre le nouet des pépins pour en extraire le gélifiant puis… » Elle s'arrête net, son corps se tasse, s'immobilise, sa tête chavire un peu de côté, elle repose à fleur d'une touffe de fougères. Sa bouche est restée entr'ouverte, et de même ses yeux ; un rond d'ombre, deux rais bleu de lin. Le porcelet s'approche tout près du visage, il le flaire, en aspire l'ombre, la tiédeur, le bleu qui filtre d'entre les paupières, le goût de sel sur les joues, l'odeur des cheveux en broussaille. Il pose son museau contre la bouche, comme s'il cherchait sa pitance de sons flûtés, mais rien, pas une note, pas un soupir, la bouche est muette, à l'instar des mains qui ne dispensent plus de caresses et des mamelles qui ne donnent plus la moindre goutte de lait. Il attend quelques instants cependant, puis se détourne et s'en va.

Il pousse plus loin ses incursions dans le bois, le groin frémissant au ras du sol, sans cesse à l'affût de quelque nourriture. Il fouit la terre amollie par la pluie, déterre des racines de plantes, exhume des vers, des larves, avale pêle-mêle des végétaux spongieux, des feuilles moussues, des insectes, il se désaltère à des flaques d'eau. Vers le soir, peu rassasié, il revient vers ce qui lui tient lieu de soue. La femme a basculé le dos dans les fougères, trois ronds d'ombre à présent lui trouent le visage ; les oiseaux aussi se nourrissent de tout ce qu'ils trouvent de goûteux en chemin. Le porcelet se tient un peu à l'écart, il renifle avec attention, et une confuse inquiétude, l'odeur changée du corps – fadeur et froideur s'y allient. Il s'approche avec prudence, hume les cavités orbitaires et buccale.

Décidément, non, cela ne sent plus rien qui vaille, le noir n'a pas la saveur du bleu, ni le silence celle du chantonnement. Il se détourne de ce corps parvenu au terme de son étiolement, et de l'insipidité. Cette fois, c'est pour de bon qu'il s'en éloigne. Les sevrages lui adviennent coup sur coup et avec brusquerie, il lui faut s'en accommoder.

Il divague dans la forêt, effarouché maintenant qu'il n'a plus de refuge, plus de corps protecteur. Il n'a pas le sens du temps, il vit au plein de l'instant, mû par la faim, la soif – ou est-ce au creux de l'instant ? Il n'est que vie encore fragile, âgée d'à peine un mois, mais déjà taraudée par le rude et obstiné désir de continuer et de croître, il respire avec avidité le monde qui l'entoure par son gros museau moite et tous les pores de sa peau. Ce monde aussi attrayant que terrifiant. Il gémit faiblement, finit par se coucher sous un arbuste, et s'endort.

Un souffle exhalant une odeur inconnue le réveille. Il tressaille, saute sur ses pattes, se rencogne sous le feuillage. L'animal qui l'a débusqué fait également un bond en arrière, avec agilité. Cette bête est bien plus grande que lui, tout en finesse, mais aussi apeurée. C'est une daine. Elle ne fuit pas, cependant, elle demeure à quelque distance, la tête baissée, les yeux fixés sur le cochonnet. Tous deux se regardent ainsi un moment, ils se jaugent. Le porcelet oscille d'avant en arrière, encore indécis ; quand il se résout à avancer, la daine recule, il s'arrête, elle s'avance à son tour. Leurs pas sont mesurés, prudents. Le porcelet tend le cou vers la femelle et pousse un gémissement, il ne bouge plus, il attend. La daine s'approche enfin, à nouveau elle le flaire. Elle lui lèche le front, le cou, et lui, en réponse, couine de contentement.

Le ruminant et le porcin se lient d'affection, le petit attache ses pas à ceux de la femelle qui prend soin de lui comme s'il s'agissait de sa progéniture, mais le goret n'a pas la sveltesse et la célérité d'un faon, il ne sait pas bondir. La daine ne l'abandonne pas pour autant, elle ralentit parfois son rythme, ou bien l'attend si elle l'a trop distancé ; elle se tient toujours dans ses parages. Ils se nourrissent ensemble, de feuilles, d'akènes, de baies et de bourgeons. Quand la daine s'attarde à brouter de l'herbe, le porcelet s'occupe à explorer le sol, gobant des vers, des insectes, des bulbes et des larves.

Leur territoire n'est pas délimité, ils vaguent dans la forêt dont l'étendue est vaste, elle couvre les versants d'une chaîne de collines où coulent des ruisseaux qui vont mêler leurs eaux dans la rivière qui sinue à leurs pieds. Tantôt ils s'enfoncent au fort et au sombre des bois, tantôt ils s'aventurent en lisière. Les frontières décidées par les hommes de la région et au nom desquelles ils s'entre-tuent depuis des mois leur sont inconnues. Ils vont où bon leur semble, s'établissent ici ou là tant qu'ils s'y sentent en sûreté.

Le monde leur est à la fois opaque et évident, ils ne le réfléchissent pas, jamais ils ne s'étonnent devant lui, ils se tiennent simplement, totalement, en son sein. L'espace alentour, aussi beau soit-il par endroits, ne fait pas pour eux paysage, ils ne le contemplent pas, ils posent sur lui un regard lisse, luisant de candeur. Ils le hument, ils le respirent par tout leur être, les yeux mi-clos. Ils l'inspirent et l'expirent à une juste cadence ; tel est le dialogue qu'ils entretiennent avec lui – un continuel et pénétrant échange de souffles.

Leur haleine est chaude, odorante, elle imprègne de moiteur le silence que sans cesse ils ressassent. Leur silence est écoute et manducation de la vie en eux, autour d'eux. Ils sont en placide accord avec la terre, ils font corps avec elle. La terre, la vie, leur chair, le sang qui circule en eux, la faim autant que la satiété, la course autant que les haltes de délassement, c'est tout un. Ils ne s'inquiètent pas du temps qui passe, ils ignorent ce qu'hier et demain signifient et portent de nostalgie, de soucis ou d'espoirs, ils habitent chaque instant en plénitude, les agréables comme les mauvais, et selon, ils réagissent, s'adaptent. Seul leur importe de rester saufs ; ils ne sont que brut et vigoureux désir de vivre qui oscille entre âpreté, effroi et volupté. La vie parfois dispense des moments de si grande douceur. Ces moments-là, ils les goûtent avec ampleur et acuité, des frissons de bien-être leur parcourent l'échine, furtifs et légers comme ceux qui fluent dans les herbes et les feuillages sous les bouffées du vent.

La nuit ils dorment flanc contre flanc, ils se réchauffent l'un l'autre. Pour tout vivant, avoir un corps familier, bienveillant, contre soi, est rassurant. Mais le sommeil de la daine est toujours léger, elle demeure en alerte jusque dans le repos. La forêt est son domaine, elle le connaît par tous ses sens, elle le sait aussi prodigue que violent, la nourriture y abonde, mais parfois s'y fait rare, la douceur y règne autant que la rudesse, et la férocité. Parmi les prédateurs, les pires sont ceux de l'espèce humaine. Ce sont certains d'entre ceux-là qui ont décimé la harde à laquelle elle appartenait. Ils ont surgi un matin, flanqués de chiens, ils ont fait feu, et plusieurs des siens sont tombés, de tous âges. Elle s'est enfuie, elle a échappé à leurs tirs et aux crocs de leurs chiens. Mais ils peuvent refaire irruption, à tout moment. Elle détecte de loin leur odeur si le vent la lui porte ; quand elle la décèle, elle prend aussitôt la fuite, s'enfonce sous les couverts les plus reculés, les plus obscurs, elle s'aplatit dans l'ombre, étend son cou et sa tête au ras du sol, elle se fige dans cette horizontalité pour passer inaperçue, se faire semblable à une branche morte. Son cœur alors bat contre la terre aussi fort qu'un martèlement de sabots, comme si lui seul continuait à galoper, sans fin, sans mesure et sans issue.

Quand le péril s'éloigne, le galop ralentit, le corps retrouve son ardeur, le monde son attrait, la vie son innocence, la liberté sa saveur.

Un jour le vent est contraire, la daine ne sent pas le danger approcher. Quand elle le découvre, il est trop tard. Les hommes sont là, la mort est là. Ils sont deux, non accompagnés de chiens, mais leurs fusils suffisent. Attirée par l'herbe drue d'une prairie, elle s'est aventurée un peu en dehors de la forêt. Tandis qu'elle paît à découvert, le pourceau fouine dans un fourré en lisière, il préfère les endroits ombragés, sa peau ne supporte pas longtemps le soleil, et celui-ci darde déjà trop ses rayons. Les humains, il ne s'en méfie pas, lui, il n'a pas encore appris à s'en garder, une femelle humaine lui a tenu lieu de nourrice quelques jours ; de ce corps qui l'a brièvement allaité, cajolé, il garde un souvenir olfactif agréable. Quand il voit l'un des hommes s'approcher de lui à pas furtifs, à moitié courbé, la peur ne lui dicte pas de détaler au plus vite. L'individu, en revanche, agit avec rapidité et dextérité, il a détaché son ceinturon pour en faire un collet qu'il lui passe autour du cou et serre aussitôt mais sans aller jusqu'à la strangulation. Au même instant, un bruit sec retentit. Le tireur se félicite, il a abattu la daine du premier coup, elle a sursauté sous le choc et s'est renversée tout d'une masse, touchée en pleine tête. Le cochon, garrotté, à moitié étouffé, est tiré par son ravisseur. Double réussite.

Les deux proies sont traînées à travers la prairie et jetées dans la fourgonnette que les hommes ont garée sur le bas-côté de la route. C'est en passant qu'ils ont aperçu la daine en train de pâturer, ils se sont arrêtés, ont pris leurs armes et sont allés vers ce gibier inattendu à pas précautionneux, en suivant la bordure du bois ; feuillages et buissons les cachaient, et le vent leur était favorable. Une autre aubaine les attendait : un goret faisant porcherie buissonnière. Au jugé, ils l'ont évalué âgé de trois mois environ, mais un peu maigre, et d'emblée ils ont estimé préférable de le capturer vivant et de lui octroyer un sursis de deux ou trois mois afin qu'il atteigne, après une cure d'engraissement, un poids plus important, un volume de chair et de gras plus généreux. La daine, elle, sera dépecée dès le retour.

La camionnette file en bringuebalant, la route est défoncée en de nombreux endroits, les hommes chantent à l'avant, ils sont heureux, c'est un jour de sacrée veine pour eux, la chance s'est faite si rare, si avare depuis des mois, et la faim si fréquente. La seule chance qu'ils aient eue, la principale il est vrai, est d'être toujours en vie, rescapés des tueries qui sévissent en crescendo entre leur pays et le frontalier. Les causes du conflit, surgi après des décennies de bonne entente, ils ne sauraient les dire avec exactitude, ni surtout impartialité. Malgré la proximité géographique, malgré leur longue cohabitation et leurs anciens échanges allant parfois jusqu'à des alliances, malgré de nombreuses parentés entre leurs langues, leurs modes de vie, malgré de vieux liens apparents, ces foutus voisins ne sont pas leurs frères, pas même leurs semblables. Ils ne mangent pas, ne boivent pas, ne s'habillent pas, ne prient pas, ne festoient pas, ne s'enterrent pas exactement à la façon dont eux le font. Ils ne croient pas aux mêmes mythes, ils échafaudent des interprétations mensongères de l'histoire, ils ont des revendications indues. Ils se révèlent une menace. Trop de différences, et trop de dangers, visibles ou non ; les plus discrets sont les pires. À y bien regarder, ces gens-là ne sont peut-être pas tout à fait des hommes. Et puis, à quoi bon chercher des explications, des mobiles, la guerre est là, ce fait flagrant est à soi seul une raison de se battre, et il justifie tout. La guerre les a saisis, corps et âme, extirpant des bas-fonds de leur être une capacité de haine et de cruauté qu'ils ignoraient porter.

À l'arrière, dans l'habitacle clos, les bêtes sont ballottées brutalement. Le cochon ne parvient pas à se tenir debout, les cahots sont trop rudes et fréquents, il glisse, tressaute, roule de droite à gauche, il heurte constamment le cadavre de la daine, se tache de son sang, il se meurtrit contre les objets hétéroclites qui jonchent le plancher. La courroie de cuir qui lui sanglait le cou se desserre, l'ardillon de la boucle s'est un peu soulevé et le ceinturon se défait, il bâille de plus en plus et finit par se détacher. Cela ne change rien à l'état du captif, il est en cage, et les secousses tiennent lieu d'entraves.

Soudain une détonation, encore. La camionnette pile. C'est un pneu qui a crevé. Les hommes descendent, contournent le véhicule en râlant, ils entr'ouvrent le hayon pour chercher de quoi changer le pneu. Ils ont beau être prudents, le cochon les prend de court, il bondit hors de sa geôle, bouscule celui qui se tient dans l'entrebâillement de la portière et qui tombe à la renverse. Il part en courant avec une énergie décuplée par la panique, et par le dur instinct de vie qui le tenaille. Le temps que ses persécuteurs se ressaisissent, attrapent leurs fusils et ajustent leur tir, l'évadé a pris de l'avance. Il court en zigzag, déboule une pente abrupte, arrive près de la rivière qui coule en contrebas de la route. Il s'y jette, il nage avec la même énergie que celle qu'il a mise à cavaler. La rivière est assez large, le courant rapide, il y a de-ci de-là des remous, mais le fugitif les affronte sans faiblir, sans hésiter, il ne cède ni à la fatigue ni à la peur. Ses poursuivants arrivent trop tard et leurs balles s'échouent dans l'eau, loin de leur cible.

Ils fulminent, lancent des jurons en rafales, d'autant plus que ce foutu goret va droit chez l'ennemi, en face. Ce sont ces salauds qui vont profiter de cette masse de viande, de lard, de saindoux et de beau sang à boudin qu'ils avaient dénichée.

Il ne sait pas, le fuyard, qu'il est en train de franchir une frontière, il sauve sa peau comme il le peut. Ce qu'il n'ignorera plus, c'est combien il lui faudra désormais se méfier de tout animal ayant odeur de mâle humain.

Il nage dru, tête tendue au ras de l'eau, il résiste au courant, il défie les remous. Il fend la rivière, mû par une force énorme concentrée dans ses muscles – le désir forcené de défendre sa vie mêlé à une fureur et une douleur confuses. Les deux gars, là-bas sur la rive, le regardent, impuissants, balançant entre l'envie de le voir se noyer, disparaître, crever, par rage et par dépit, et un désir plus obscur, qu'il s'en tire, ce bougre d'animal qui, comme eux, lutte pour survivre, après tout. Ils finissent par partir en pestant.

Il parvient à son but, il s'extirpe de l'eau, se hisse sur la berge. Ce bain forcé l'a lavé du sang de la daine et de celui de ses propres écorchures. Il s'ébroue, se faufile entre les herbes, l'ouïe et le flair aux aguets. Il oblique à travers un champ en friche. Il n'y a plus personne pour cultiver la terre, les hommes en âge de le faire sont au front, en cavale, prisonniers, ou morts. Et il n'y a plus d'habitants dans le petit village situé au-delà des friches, les maisons sont en ruine. Mais si les survivants ont fui, les morts, eux, sont de sortie. Des obus sont tombés dans le cimetière et ont brisé des tombes, pulvérisant les dalles, les stèles et les inscriptions veillant sur le repos des défunts, le bois des cercueils, et propulsant des cadavres, des ossements, un peu partout sur le sol, parmi les arbres déracinés. Un platane a été épargné, il se tient droit et vigoureux près d'un des murs de l'enceinte à demi éboulé. Dans son branchage il arbore deux drôles de pavois – un corps déjà très momifié, couleur de cuir, vêtu d'une robe en lambeaux, mais le crâne encore pourvu d'une longue chevelure blanche qui pend au milieu des feuilles comme une coulée de neige hors saison, et un autre, plus récemment inhumé, d'un homme d'un imposant gabarit, mais privé de ses jambes, fauchées dans l'explosion. Le cochon trottine le long du cimetière dévasté, indifférent à la hideur régnante, il capte en passant des images, sans émotion, seule la puanteur âcre répandue dans l'air éveille son attention.

Il est en quête d'un abri et de pitance. Il a trouvé le bon coin, car le village déserté depuis peu offre autant de refuges, bien que peu sûrs pour la plupart du fait des effondrements de charpentes, que de nourriture, toute souillée et avariée soit-elle. Il furète un moment aux abords des maisons écroulées, il renifle le sol jonché de débris de tuiles et de verre, de bois, de plâtre, de tissus, d'objets, de livres, de meubles et d'ustensiles, et, à certains endroits, de boue mêlée de sang ou de cendres truffées de morceaux de chair calcinée. Sang et chair de bêtes et d'humains. Le goret ne fait pas de différences entre les espèces quand il fouit dans les gravats et en extirpe des bribes de matière consommable. Il avale toute denrée qui lui emplit et apaise l'estomac. Il élit domicile dans les décombres d'une grange.

Il se trouve dans un lieu enchanté, débarrassé de prédateurs, largement approvisionné en vivres et en eau ; il y a des mares alentour, et des auges que la pluie alimente. Il vit en bonne entente avec les quelques bestiaux réchappés du désastre, chacun assure sa survie comme il le peut. Il arrive qu'un chien errant ou un renard vienne semer la panique dans ce petit troupeau disparate, mais si les rares volailles de la tribu font les frais de ces razzias, les autres se défendent et mettent l'intrus en déroute.

Il se fait quelques compagnons, un chat tigré noir et cannelle qui vient se pelotonner sur son dos pour y sommeiller au chaud, une poule borgne à la crête roussie, seule rescapée de son espèce, et qui, elle, se blottit contre lui à la tombée du jour, moins pour se réchauffer que pour se mettre sous sa protection, et une chevrette au pelage blanc qui ne tient pas en place, follement joueuse et intrépide, capable de bonds impressionnants tant en longueur qu'en hauteur. Il y a aussi une jeune corneille qui prend l'habitude de chercher en sa compagnie des vers et des détritus comestibles.

La chevrette, entre deux escapades, deux ruades ou deux cabrioles, prend plaisir à se reposer près du pourceau ; ils se couchent flanc contre flanc et savourent paisiblement la clarté du jour, la fraîcheur ou la tiédeur de l'air, les lueurs du crépuscule, les odeurs portées par le vent, le temps qui passe – qui ne leur est rien, mais dont ils se font un fugitif reposoir. Comme auparavant auprès de la daine, le goret aime à paresser, à ruminer la jouissance d'être en vie, d'appartenir à la terre, de respirer l'espace, de faire peau avec les éléments, chair avec le monde.

Parfois des bruits sifflants traversent le ciel, des explosions retentissent dans les environs, brèves et sèches, ou longues comme de sombres roulements de tambour, des déflagrations ébranlent l'air qui se brouillarde et souffle des bouffées chaudes, fétides. Les animaux détalent, chacun se déniche un abri, s'y terre, frappé d'une patience à la mesure de sa crainte. Puis le calme revient, le chant des oiseaux, un moment suspendu, reprend sa ronde, les bêtes repartent vaquer à leurs occupations – dénicher de quoi se nourrir, échapper aux becs et aux gueules qui veulent les dévorer. La faim, sans cesse à rassasier, la voracité, sans fin à fuir et à déjouer. Être et se maintenir un vivant est un parcours de combattant, mais ce labeur toujours reste scandé de moments d'ébattements, de jeux, de délassement, de simple et ample volupté.

Plusieurs fois des hommes, seuls ou en petits groupes, viennent menacer la paix de son havre. Le cochon les sent approcher et avant qu'ils ne soient là il court se cacher, il a retenu les leçons de prudence de la daine. La corneille, qui ne s'éloigne jamais longtemps de lui, finit toujours par arriver près de l'endroit où il se terre, elle se perche sur une branche ou vole à proximité, en attendant qu'il réapparaisse. Elle ne craint pas l'engeance humaine, elle, ni son cri ni son plumage ni sa chair n'éveillent la convoitise, et pareillement le chat, il ne présente aucun intérêt pour les traqueurs de viande, de bêtes laitières ou de bât, après chaque incursion il fait retour dans son territoire, avec nonchalance, mais prêt à s'éclipser à la vitesse d'une flèche au moindre nouveau danger.

La poule en revanche, ainsi que la chèvre et les autres bêtes qui paissaient en liberté dans les parages, disparaissent toutes. D'elles, il ne retrouve qu'une tête coupée traînant ici, les pattes tranchées jetées là, quelques plumes, des touffes de poils ensanglantées. Les odeurs si diverses des bêtes qui furent vivantes se confondent en une seule, la même, toujours la même, douceâtre et métallique, entêtante, celle du sang déversé hors du corps et qui stagne en flaques visqueuses, brunissantes. Le porcelet, lorsqu'il revient, furète en tous sens, flairant avec application et nervosité ces restes de chair et ces miasmes de mort, cherchant en vain des traces de la chaleur et des senteurs des bêtes qui lui étaient devenues familières. Puis il renonce, et s'éloigne en geignant, le groin maculé de cette pourriture qu'il finit par lécher.

L'odeur du sang est la même chez tous les animaux, humains compris. Un après-midi qu'il se trouve dans une forêt, assez loin en surplomb du village, il est soudain mis en alerte par des bruits, et bientôt par des fumets d'hommes. Aussitôt il se sauve, s'enfonce dans le fort du bois, s'aplatit au milieu des fougères. Le bruit se rapproche, enfle, les émanations de sueur et d'haleine humaines se font plus denses, inquiétantes.

Un groupe d'hommes ouvre la marche ; ils sont une trentaine, âgés de quinze à soixante ans environ. Ils avancent à pas lourds, tête légèrement baissée, les mains croisées derrière la nuque ; ils ont le souffle court, et rauque, ils ne parlent pas. Des soldats les escortent, fusils braqués sur ce troupeau. Quelques-uns portent des outils, pelles et pioches. Ce sont eux, les guerriers, qui braillent, lancent des ordres, des rires secs. Le cochon ne fait aucune différence entre les deux groupes, les otages et le commando, les haletants d'angoisse et les gueulards dominants, pour lui, tous les mêmes et tous à redouter.

Il les perd de vue, mais pas de l'odorat ni de l'ouïe, alors il reste immobile dans sa cache végétale. Il entend des bruits sourds, des ahanements, que ponctuent des éclats de voix, il sent des effluves d'humus, de racines. Cela dure un moment, puis survient une flambée de cris qui s'exacerbe en violent crépitement; voix et mitraille s'entrechoquent, s'entre-déchirent. Le crachat effréné des fusils l'emporte vite sur le chœur discordant des voix. Après que toutes les voix se sont tues, quelques coups de feu claquent encore. Finissage de l'opération de purge. Puis tombe un silence pareil à celui qui suit la chute d'un arbre abattu à la hache, un silence aussi compact, immense, que l'était l'arbre debout, comme s'il en était l'ombre sonore, la signature d'adieu. Et à nouveau des bruits sourds et mous, mais aux exhalaisons de terre humide, de feuilles, de mousse, se mêle une vapeur tiédasse à relents de fer, celle que les hommes font si souvent se lever sur leur passage.

Les soldats se retirent, fatigués mais satisfaits de leur tâche accomplie, ils rentrent chez eux, chargés de leurs instruments de travail, fusils en bandoulière, outils en travers de l'épaule. Ils fument, semant un floconnement bleuâtre, un peu âcre, dans leur sillage. La fumée leur tient lieu de parole. Dès qu'ils seront attablés, qu'ils se délasseront en buvant un bon coup, ils commenteront avec fierté leur fait de guerre du jour et en projetteront de nouveaux, du moins en rêveront.

Quand le porcelet est assuré que les hommes sont partis, il sort de son abri, s'ébroue, trottine jusqu'à l'endroit où ils se tenaient. Il le repère aisément, à l'odeur. Le sol a été refermé, tassé à coups de pelles et de piétinements, des branchages ont été jetés en vrac dessus, mais la terre retournée grouille, sous les rameaux épars, de vers, de bulbes, de larves, de limaces, de végétaux amollis ; un festin pour les oiseaux du sous-bois qui sautillent en tous sens sur l'aire et picorent à tout va. Le cochon prend part à la ripaille, il fouit avec avidité entre les mottes humides, avalant pêle-mêle bestioles et racines, et un peu du sang qui a giclé, lors de la fusillade, sur le bord de la fosse. Il déglutit le tout en grouinant de délice. Quand le brouillard et la pénombre commencent à s'épaissir sous les arbres, il quitte la forêt et s'en retourne vers son gîte en contrebas, flanqué de la corneille. Son vol est lent, elle est repue.

S'il a perdu la plupart de ses compagnons de hasard, le cochon s'en découvre un nouveau, formidable : lui-même. Au retour d'une de ses cavales de sauve-qui-peut dans les bois, il aperçoit un congénère en face de lui. L'animal se tient au milieu d'un monceau d'objets sortis des décombres et laissés là, parce que trop abîmés, ou trop encombrants à emporter, par les dévaliseurs du jour. Sur le coup, il pile, et il émet un grondement d'hostilité. Il est prêt à charger. Son rival prend une posture agressive identique et riposte sur le même ton. La confrontation dure un bref moment, mais le combat n'a pas lieu car le pourceau remarque vite que l'intrus bouge exactement comme lui ; il vérifie ce constat en ralentissant ses mouvements, il tourne la tête d'un côté, de l'autre, remue ses oreilles. Et il pressent qu'il s'agit bel et bien de lui. Il s'approche alors tout près de cet étonnant lui-même, il se flaire avec application, mais il ne détecte qu'insipidité et froideur et ne réussit qu'à brouiller son image. Il recule un peu, la buée se dissipe et il se voit réapparaître. Il tend son groin vers son reflet qui à nouveau s'estompe puis réaffleure dès qu'il reprend une infime distance. Il reste longuement à observer ce phénomène surprenant, jusqu'à ce que l'obscurité engloutisse tout. Dès le lendemain, et tous les jours suivants, il vient vérifier si ce réjouissant miracle fonctionne toujours. Le prodige est chaque fois au rendez-vous. La corneille à son tour s'entiche de ce jeu. C'est comme s'ils faisaient doublement connaissance, chacun de soi et tous deux l'un de l'autre.

Un soir, après un énième passage de maraudeurs, le cochon remarque dans une cour une énorme flaque de couleur sombre qui exhale une odeur puissante. Autour s'entasse un fatras de tiroirs, de boîtes, de vêtements et de livres, quelques cageots emplis de pommes blettes. Les pillards ont fourragé dans les décombres, extirpé ce qui pouvait encore l'être, fouillé partout où de l'argent ou des bijoux auraient pu être dissimulés. Ils ont aussi déniché un tonneau de vin mais ils l'ont endommagé en le roulant hors de la cave, une des douves s'est fendue et le contenu s'est déversé sur le sol. Un bonnet de laine, des pommes et des livres macèrent dans la flaque, formant une bouillasse épaisse qui excite l'appétit du goret. Il patauge dans cette mangeoire très odorante en grognant de curiosité et de contentement, il avale goulûment la pâtée vineuse, il engloutit pêle-mêle des bouts de laine marinée, des pommes fermentées, des pages gluantes. Sa gourmandise est attisée par l'ivresse qui peu à peu monte en lui, il dévore tout ce qui lui tombe sous le groin. Il finit par se vautrer dans sa mangeoire-abreuvoir, complètement saoul.

Le soleil est déjà haut quand il émerge de sa torpeur. Il se relève avec peine, le corps tout engourdi, la tête endolorie. Ses pattes, son ventre, son poitrail sont teintés de rouge violacé. Il s'ébroue, la tête lui tourne et il manque de s'affaler à nouveau dans la bourbe. Il émet un grondement de déplaisir et de désarroi. La corneille, juchée sur la barrique, lui répond par un craillement enjoué. Il se met en mouvement avec lenteur et pesanteur, ses pattes flageolent, ses yeux sont chassieux. Il se traîne jusqu'au grand miroir pour se saluer, malgré tout ; ce salut à lui-même lui est devenu familier. Mais la glace est tombée, elle gît sur le sol, cassée, il ne reste que des éclats de tailles diverses. Le cochon tourne autour, il grappille des fragments de reflets de son corps vu par-dessous – ses cuisses, son ventre, sa gorge cramoisis. Il ne se reconnaît pas, il s'en effraie. Son grognement se fait éraillé, plaintif. Il a très soif et sa peau empoissée lui pique, lui cuit, il se dirige vers la mare la plus proche. Il s'y baigne et s'y abreuve longuement.

Tandis qu'il barbote et se revigore dans l'eau, il entend un brouhaha de voix et bientôt décèle l'odeur de la menace. Des hommes sont entrés dans le hameau. D'instinct il se déplace vers un des bords de la mare envahi de broussailles, il reste là, à demi immergé dans l'eau vaseuse, immobile à l'ombre de buissons et de touffes d'épineux. Il fait le mort, une fois de plus. Les hommes s'activent longtemps au milieu des ruines, ils font beaucoup de bruit. Cette fois, ce ne sont pas des pillards, mais des rescapés, hommes et femmes flanqués d'enfants, qui font retour dans leur région. Ils mesurent l'ampleur de la destruction, des pertes, et évaluent dans l'effarement tout le travail qu'il leur faudra abattre pour reconstruire leurs maisons, et celles de leurs morts expulsés de leurs tombes.

Le cochon ignore que la guerre entre ceux des deux rives vient de cesser, du moins que la ligne de front s'est éloignée, il n'a pas remarqué que depuis quelque temps le ciel au-dessus de lui n'est plus déchiré par des traînées de feu stridentes, que la terre autour de lui n'est plus ébranlée par des déflagrations, empuantie par des gaz. Il vit au jour le jour, au creux ou à la pointe de chaque instant, il passe en bloc d'un état à un autre, de la volupté à l'insatisfaction, de la colère à la placidité, de la vivacité à la paresse, de la quiétude à la panique. Une mémoire obscure couve en lui, cependant, qui se réveille au moment propice et lui inspire ce qu'il doit faire. Pour l'heure, ne pas bouger.

L'heure dure jusqu'au soir. Il ne sort de la mare que lorsque le danger semble écarté. Mais il ne revient pas au hameau. Partir, une fois encore, échapper aux tueurs, sauver sa vie. Il s'en va à travers champs dans le crépuscule bruineux, corps fourbu, aux abois. Il a pris froid à croupir trop longtemps dans l'eau fangeuse. La corneille le suit, volant bas au-dessus des herbes grises.

Il pénètre dans un bois, s'enfonce dans l'ombre d'un taillis, il s'y embusque. Il n'a plus la force de fuir, d'errer sans fin la peur aux tripes, il est à bout de souffle, sa respiration se fait difficile, comme empêchée, il lui faut pour un temps s'arrêter, se terrer dans un abri. Il s'affale au creux d'un fourré, exténué. Une odeur de pourriture sature ce gîte, elle est si forte qu'elle en est presque suffocante. Un corps gît là, tremblant de fièvre. C'est celui d'un humain. Il a perdu l'odeur propre à son espèce tant l'état de putréfaction de ses jambes est avancé ; il dégage une puanteur de charogne, commune à toute chair en voie de décomposition. Ces miasmes, le pourceau en a senti à satiété depuis des mois, et il n'en éprouvait nul émoi, sinon la promesse d'une nourriture providentielle. Mais cette fois, si, il est troublé, car vie et mort sont en lutte serrée dans cette pestilence, et il se sent d'un coup saisi par elle, entraîné dans ce duel. Il voudrait se relever, se sauver, il ne le peut pas, lui aussi est secoué de frissons, sa respiration est sifflante, il entre en unisson avec le corps brûlant qui grelotte près de lui. Ils gisent pressés l'un contre l'autre, la fièvre de l'un s'attise au contact de celle de l'autre, leurs sueurs se mêlent, leurs chuintements se mélangent en un seul gémissement, leur angoisse fait bloc. Chacun repousse de toute son énergie restante l'assaut croissant de la mort. Le blessé se bat depuis des jours ; il a réussi à s'échapper lors d'une attaque lancée contre son village, mais dans sa fuite il a été touché de plusieurs balles, une au talon gauche, trois dans les jambes. Il a continué à courir malgré ses blessures et a semé ses poursuivants, mais il a fini par s'effondrer. Il a alors rampé pour aller se cacher sous un arceau de broussailles. Il ne s'est plus relevé, trop affaibli, et il n'a pas crié, par crainte de ses poursuivants. Ses plaies se sont infectées, ses pieds et ses jambes ont noirci, suinté, puis ses cuisses. Le mal monte. À présent il délire, de douleur et d'effroi, il appelle sa mère, et son père qu'il a vu être exécuté. Il est très jeune encore, un garçon au seuil de l'adolescence. Il geint, il râle, il transpire et il pleure, et il se bat envers et malgré tout, irrésigné à la mort. L'irruption de l'animal lui donne un regain de force, de folie. Il entrevoit, dans la pénombre de son antre, une clarté rosâtre, il devine, dans la houle de son regard, un corps placide et bon, un petit matin de chair. Il se tourne vers cette roseur, il l'empoigne, s'y agrippe, il aspire le souffle sibilant qui en flue par à-coups, il enfonce ses ongles dans la peau soyeuse, il étreint cette chair pleine et tendre. Il enlace le gros cou rond de l'animal, il s'arrime à la gorge de la vie même, et ses bras, ses mains, se font étaux de fer rouge. Mais sa proie se débat, elle gronde et s'agite, elle mugit, se renverse sur un flanc, bascule sur l'autre, lui ne lâche pas prise, il roule avec la bête, elle l'écrase, il l'étrangle. Ils chavirent dans un remous de fièvre, d'éblouissements et de trous noirs, de convulsions comme si leur sang, leur chair se brassaient et rebrassaient en continu, en crescendo, que leurs os se disloquaient, que leurs muscles, leurs nerfs se déchiraient pour se retendre, s'entrelacer. Et ils sentent, dans ce violent roulis de sensations, un membre leur pousser au bas du ventre, dur et enflé, comme un surgeon où monte dru la sève. Mais au bas-ventre duquel ? Car qui est qui, les deux mourants au corps-à-corps ne le savent pas, ils sont si embrassés dans leur combat contre la mort qu'ils se confondent.

Ils ne sentent plus rien, ils sombrent dans la nuit, l'oubli du monde, d'eux-mêmes, de ce qu'ils furent. Ils s'abandonnent. La mort et la vie alors font volte-face.

Quand il se réveille, il voit des baies entassées sur une pierre moussue près de lui ; des provisions apportées par la corneille. Il tend la tête vers cette nourriture, comme il l'a toujours fait pour manger, mais son groin ne fait plus saillie, et il lui vient un mouvement nouveau qui le stupéfie au moment où il l'accomplit – il avance une de ses pattes antérieures devenue longue et souple, et dont l'extrémité s'évase en forme de feuille dentelée. Les minces denticules roses s'agitent autour des fruits mais ne parviennent pas à les ramasser, alors il se soulève pour attraper les baies avec sa bouche, il les aspire et les ingurgite en vrac. Le jus qui coule dans sa gorge avive sa soif plus qu'il ne l'apaise, et ranime la faim qui lui brûle l'estomac. Il sort de son antre avec difficulté, il crapahute sur les genoux, totalement déconcerté par les transformations de son corps.

Il s'accroupit sur une roche, se penche sur ce corps qu'il ne reconnaît pas, il l'inspecte, le tâte, il le renifle. Son odeur a changé, elle s'est affadie. À l'instant où il l'identifie, il est saisi d'épouvante – c'est celle du grand prédateur. Les hommes l'auraient-ils mangé, digéré, transmuté en l'un des leurs à son insu ? Il pousse un grognement d'angoisse qui chuinte en un gémissement craintif, sans force. Qu'a-t-on fait de sa voix, de sa puissante odeur, de sa massivité ?

Et ce tronçon rosâtre, là, coincé entre ses cuisses, est-ce une racine, un gros champignon, une bestiole charnue ? Il l'empoigne de sa main malhabile, tire brutalement pour l'arracher, aussitôt il le lâche en lançant un cri de douleur. Cette chose fait partie de son corps, elle est plantée en son milieu, est sensible à l'excès. Il la touche à nouveau, mais prudemment cette fois. La douleur fait place à un plaisir croissant qui culmine en un spasme, se répand en mouillure sur sa main et son ventre, et le laisse hébété. Heureux.

Il réussit à se lever, son équilibre est vacillant, ses premiers pas sont maladroits, pénibles, ses pieds vite écorchés s'endolorissent. Il tombe, se relève, titube, retombe, se redresse, encore et encore. Il tient enfin sur ses jambes, il se met en marche, les genoux légèrement fléchis, les bras écartés en balanciers, la tête basse, les yeux roulant d'étonnement de percevoir les plantes, les herbes, les cailloux alentour d'un regard tout autre. Son acuité visuelle s'est accrue, les choses ont pris des couleurs, du relief, un volume inédits, la tête lui tourne.

Les bêtes à son passage s'éloignent, ou carrément s'enfuient. Seule la corneille ne manifeste aucune crainte à son égard, elle l'accompagne à sa façon, volant tantôt devant lui, assez bas dans le ciel, comme si elle lui montrait le chemin, tantôt en louvoyant sans choix apparent de direction, et parfois s'attardant sur une branche, ou sur le sol où elle musarde, comme si rien de ce qui se passe ne la concernait.

Il ignore où il va ; comment le saurait-il ? Il ignore tout autant où il est, ce qu'il est, ce qu'il fait. Il avance dans un monde soudain frappé d'extrême étrangeté.

# II

Or me voici, moi que la terre a mis au monde…
Un homme, moi ?

Grégoire de Narek

C'est un bâtiment rectangulaire, aux murs en torchis soutenus par des poutres. Sa toiture de tuiles est rongée par le lierre et la mousse, maculée de fientes blanchâtres, elle se confond avec les feuillages des arbres alentour. Ce vieux lavoir, laissé à l'abandon pendant des décennies et qui menace ruine, a repris depuis peu du service. Le village n'est plus alimenté en électricité, et quand bien même il le serait, la plupart des maisons ont été détruites, les quelques indemnes, pillées ; rares sont celles qui possèdent encore des machines et des appareils électroménagers. Le temps a fait un bond en arrière, projetant les gens dans les conditions de vie de leurs aïeuls. Ils s'adaptent, ils renouent avec d'anciens usages des choses et des lieux, rafistolent des objets, des outils, des véhicules mis au rebut depuis des lustres en attendant le rétablissement des équipements de travail, de circulation, de chauffage et d'éclairage, d'échanges et d'information.

Le ciel a une transparence de gaze, souligné à

l'horizon d'une fine bande rose orangé. La journée s'annonce belle. Trois femmes descendent la route menant vers le lavoir situé à la sortie du village, en contrebas d'une fontaine. Deux d'entre elles, la mère et la fille, poussent une brouette chargée d'un baquet, chacune tenant un brancard, la troisième, de haute stature, porte une bassine en matière plastique calée contre une hanche. Elles cheminent lentement. Il est encore tôt, elles seront les premières arrivées et pourront choisir les meilleures places autour du bassin.

Une ombre vert bleuté flotte dans l'enceinte du lavoir, très douce, et le silence, à cette heure matinale, semble soyeux tant il est en harmonie avec la limpidité de l'eau, de l'air, des chants flûtés des oiseaux. Bientôt, le martèlement des battoirs, le brouhaha des frottements, des clapotements et des éclaboussures, les éclats des voix des laveuses vont briser cette calme harmonie. Mais ce n'est aucun de ces bruits qui soudain déchire la paix du lieu – c'est un cri, lancé à l'aigu par la jeune fille. Elle vient de découvrir un garçon, étendu sur un des bancs de pierre adossés aux murs intérieurs. Il est nu. Il dort profondément, ramassé en chien de fusil, bras repliés contre la poitrine, le visage enfoui dans ses mains. Le cri ne le réveille pas, mais il fait s'envoler une corneille qui s'était juchée sur une des barres de l'étendoir suspendu au-dessus du bassin.

Les deux autres femmes s'approchent du banc, et toutes trois se penchent sur ce dormeur insolite. Il a l'air bien jeune, mais il est difficile d'évaluer son âge. Ses cheveux sont d'un blond presque blanc, raides et lisses, ils sont mouillés. Le garçon a dû se baigner dans le lavoir. Il paraît à la fois très mince et musculeux. Sa peau est d'un rose laiteux, grenue à cause de la fraîcheur ; elle s'irise par instants de reflets argentés, l'eau du bassin répand de lents ondoiements sur les parois et sous la voûte. Il a des cicatrices, une sur l'épaule, plusieurs aux jambes, et des écorchures aux genoux. Il émet un drôle de ronflement dans son sommeil.

La mère et sa fille commencent à chuchoter entre elles, mais leur ton enfle vite, la curiosité les excite. La troisième leur fait signe de se taire et de reculer un peu.

Elles obtempèrent ; l'autre est la doyenne, et elle jouit d'une autorité que nul ne discute, moins du fait de son âge que de son caractère résolu, altier. Son physique aussi en impose, elle semble faite de tendons, de nerfs et de veines saillantes enlacés à ses os sous un cuir ocreux, elle porte droit son dos et haut sa tête toujours coiffée d'un foulard dont elle entortille les pointes sur le front ou la tempe en un nœud serré comme un poing. Si le temps la dessèche, il ne l'affaiblit pas, ni ne la courbe ni ne la rapetisse. Elle s'appelle Ghirzal, mais les plus jeunes, quand ils parlent d'elle, disent simplement « la Vieille ».

Le dormeur bascule sur le dos, déplie ses bras et ses jambes. Les deux femmes en retrait tendent le cou pour mieux l'observer, et à nouveau la plus jeune ne peut retenir une exclamation, mais amusée cette fois, et qui se prolonge en pouffement nerveux. Sa mère lui flanque un coup de coude pour la rappeler à la décence. Le garçon arbore une verge en érection déjà de belle taille. La Vieille dénoue en hâte son foulard pour en voiler ce bas-ventre incongru. Dans son empressement, elle fait tomber quelques épingles qui tenaient son chignon et des mèches dégringolent en longues vrilles d'un blanc mat qui évoquent de l'étoupe. La mère et la fille vont décidément de surprise en surprise, elles n'avaient jamais vu les cheveux de Ghirzal, à croire qu'elle dormait avec son foulard, voire qu'elle était née avec. Elles ne lui soupçonnaient pas une telle tignasse. Tout ce remue-ménage au-dessus de lui finit par réveiller le garçon, ses doigts s'agitent légèrement, un frisson agite ses paupières. Il ouvre les yeux, il aperçoit le visage de la Vieille en surplomb, sa face brunâtre frangée de torsades de crin. Un cheval qui le flaire ? Une autre image affleure dans son esprit embrouillé, celle d'un corps en suspens dans un arbre, sa chevelure formant une coulée de blanc au milieu du feuillage. Est-il revenu dans ce lieu qui lui avait été un temps hospitalier ?

« Il s'est réveillé ? » demande la mère qui s'approche à nouveau, suivie de sa fille. L'irruption des deux femmes dans son champ de vision le panique, il se roule à nouveau en boule. Et puis d'autres voix résonnent dans l'espace du lavoir qui réverbère les sons en les amplifiant, son affolement croît, il se blottit contre le mur en geignant. Il se sent trop faible pour s'enfuir, marcher sur deux pieds lui est si éprouvant. Les nouvelles arrivées, au nombre de quatre, interpellent gaiement celles qu'elles aperçoivent groupées près d'un banc, tout en déposant leurs charges de linge sur le dallage. Ghirzal se tourne vers elles et leur intime, d'une main levée tel un sceptre, de faire silence, puis elle ôte le gilet de laine gris chiné qu'elle porte sur sa robe pour en couvrir le garçon.

Elles sont sept à présent regroupées près du banc ; six amassées les unes contre les autres et vrombissant d'un intense chuchotement, une qui s'applique à faire enfiler les manches du gilet au gamin apeuré. Mais elle n'y parvient pas, il gesticule trop, lançant ses bras en tous sens ; il finit par les replier contre son torse et il bascule sur le ventre, se fait inerte et lourd comme une bûche. « Drôle de petit gars qu'a pas l'air bien futé, mais il a un très joli cul ! » remarque une des femmes d'un ton rigolard. Il a en effet des fesses rondes et fermes, belles comme des pamplemousses à écorce moirée rose pâle. La Vieille va fouiller dans sa bassine de linge, en extirpe un drap en nylon à rayures anis, mauve et citron pour en envelopper le rondin qui se raidit encore davantage. Elle le soulève à bras-le-corps et va le déposer dans la brouette délestée de son baquet. Cette fois, il ne se débat pas, il se sent impuissant, ahuri de frayeur et de faim.

Il a un visage allongé, le front un peu fuyant, le nez proéminent, la bouche large et des lèvres inégales, la supérieure étant plus saillante et charnue que l'inférieure, les yeux très écartés, un peu obliques et d'une couleur indéfinissable qui oscille d'un bleu laiteux à l'outremer, passant sans transition du clair au foncé, mais toujours singulièrement brillants, comme de l'eau déposée au creux d'un rocher et qu'agitent par instants des remous. Ses cils sont longs et raides, presque transparents. Il n'est ni beau ni laid, il est particulier, et émouvant avec son regard d'innocent en alarme.

Les femmes lui demandent qui il est, d'où il vient, ce qu'il fait là, comment il s'appelle, elles lui parlent à voix contenue et gazouillante, comme lorsque les adultes s'adressent à un petit enfant, mais lui ne comprend rien, il promène un regard craintif de l'une à l'autre. Il voudrait parler à son tour, il ne parvient qu'à proférer un sourd grognement. Des mots pourtant lui gargouillent dans le ventre, dans la gorge. Il finit par balbutier : « Do… dou… doudi… » Et il répète, avec effort, en détachant les syllabes : « Dou di… » Puis il ajoute : « La… » Les femmes ont quelque mal à bien saisir ce qu'il ânonne. « Tu t'appelles Doudi ? Doudi ou Doudila ? » À ces mots, ou plutôt à ces sons, il grimace un sourire, les femmes interprètent ce signe comme une approbation. « Doudila, s'exclame l'une d'elles, c'est pas un prénom, ça ! – Sûrement un diminutif, suggère une autre. – Ça se peut, mais de quel prénom, hein ? réplique une troisième. – C'est peut-être son patronyme ? – Eh ! Qui nous dit que ce n'est pas un étranger, un gosse venu de chez les autres, là-bas ? Un fils de pute ! » Cette insinuation provoque un débat qui s'enflamme vite, elles s'y mettent toutes à hasarder des conjectures, et elles en oublient presque le gamin emmailloté dans le drap à rayures. La Vieille les interrompt ; l'heure n'est pas à l'enquête, dit-elle, et d'ailleurs on s'en fout de savoir d'où il vient, ce gosse, il a besoin de soins, de nourriture, il faut le conduire au village. Pour le reste, on verra plus tard.

Ghirzal s'est réenturbannée à la va-vite sans prendre le temps de remettre ses cheveux en ordre, des mèches flottent autour de son visage anguleux. Elle pousse la brouette, les autres femmes l'escortent, jasant sur tous les tons, rieur, impérieux, méfiant, acerbe ou câlin, chacune y va de ses commentaires, de ses suppositions, de ses perplexités. Lui, on dirait une momie à tête blond paille, à l'air aussi benêt qu'effaré. Il ne dit rien, il tremble dans son emmaillotage bariolé. Il émet de faibles grommellements quand les cahots sont trop brusques ou les bavardages trop bruyants. Ce ramage l'étourdit, il lui pénètre la chair comme le bruit d'une averse de grêle ou d'un chuintement de vent, et cette sensation se double d'une excitation confuse – quelque chose vibre en lui, des sons bruissent en sourdine dans sa bouche, sa langue frémit, il entr'ouvre les lèvres, voudrait produire des bulles sonores ainsi que le font en abondance les parleuses qui le convoient, il ne réussit qu'à happer de l'air et à ravaler brutalement sa salive.

Les maisons qui tiennent encore debout ont des toits couverts de bâches, des fenêtres exhibant des carreaux en carton ou en pans de tissu, en feuilles de contreplaqué ou de matière plastique. Des gamins jouent au foot à côté d'une voiture calcinée, trois hommes assis sur un banc palabrent avec un quatrième, occupé à astiquer un scooter rouge cerise, tandis que deux autres s'affairent autour d'un sommier dont ils réparent les lattes. Une corneille vient se poser sur le châlit en métal adossé contre un arbre ; à l'une des branches basses, deux fusils automatiques sont accrochés. Les enfants sont très jeunes, les hommes assez âgés. Le retour précoce du groupe des lavandières les surprend. Elles n'ont pas eu le temps de faire leur lessive, quelque chose les en aura empêchées, elles semblent agitées, un danger a dû les alarmer. Les vieux se lèvent, la mine sombre, deux d'entre eux vont décrocher les fusils, les enfants s'immobilisent, bras ballants, soudain mutiques.

Non, pas d'embuscade, pas de sournois retour de l'ennemi, juste ce garçon à l'air idiot trouvé nu dans le lavoir. « Qu'est-ce que c'est qu'ça ? » s'exclame un des vieux en se penchant vers la momie ratatinée dans la brouette et qui roule des yeux éperdus d'angoisse, les lèvres secouées de soubresauts, luisantes de salive. « Un épileptique ? demande-t-il en se relevant. Il riboule des yeux, il a la tremblote et il bave... » Aussitôt le chœur des femmes se débride. Les enfants, rassurés et curieux, accourent pour regarder ce qui se passe. Ils s'esclaffent, tout le monde piaille, s'écrie, se bouscule autour de cet individu bizarre. « Foutez-lui la paix ! intime Ghirzal en les repoussant. Vous l'effrayez avec vos gueulantes. Allez plutôt chercher de quoi l'habiller. » Elle empoigne les brancards et se dirige vers sa demeure, une caravane dépourvue de ses roues, juchée sur des piles de blocs de béton, flanquée d'un auvent en polyester jaune délavé sous lequel elle s'engouffre.

Ce logis de fortune est planté à côté des ruines de sa maison, au bord d'un terrain percé de trous, hérissé de tronçons d'arbres déchiquetés, jonché de branchages épars et de gravats. Ce lopin de terre ravagé était son jardin, un formidable fouillis de plantes, d'arbustes, de rocailles ébouriffées, de massifs de couleurs, de rosiers grimpants qui résistaient jusqu'aux premières gelées. La Vieille a la main verte, elle était la pourvoyeuse de semences et de boutures pour tout le village.

Les autres lui emboîtent le pas mais s'arrêtent sur le seuil de son abri tout en continuant leur vacarme. Elle interpelle l'un des hommes du groupe : « Hé, Shav, viens m'aider à le monter. » Le vieux entre sous l'auvent et fait se lever le garçon qui chancelle, empêtré dans le drap. Il le soulève à moitié et le hisse dans l'habitacle, le pousse vers la table et le laisse choir sur une chaise, puis il va s'asseoir sur la banquette. Ghirzal réchauffe en hâte un ragoût de poisson aux légumes et sert à Shav un verre d'eau-de-vie aromatisée au fenouil. L'odeur de cuisine excite jusqu'à la douleur la faim qui tenaille le garçon, il tend le cou dans sa direction et flaire bruyamment, il geint, s'ébroue, agite ses membres, le tissu glisse de ses épaules et s'affale autour de ses hanches. « Il crève la dalle, ce gosse, observe Shav, on peut lui compter les côtes. »

Elle n'a pas le temps d'apporter des couverts que, sitôt l'assiette posée devant lui, le famélique plonge dedans son visage et avale à grandes goulées la pâture. Ghirzal et Shav restent un instant stupéfaits par ce comportement ; même un affamé n'engloutit pas de la sorte, il se sert au moins de ses doigts pour porter la nourriture à sa bouche. Ce gamin-là semble ignorer jusqu'à l'usage de ses propres mains. Il dévore tout le contenu de l'assiette qu'il lèche ensuite longuement, puis il tourne sa tête barbouillée de sauce du front au menton vers le réchaud d'où émane la bonne odeur. Il n'est pas rassasié. Est-ce un simple d'esprit, un dément, ou un enfant sauvage, s'interrogent les deux vieux, peut-il se montrer agressif, dangereux ?

Ghirzal lui cale une cuiller en bois dans la main pour vérifier quel emploi il va en faire. Il examine l'objet sans comprendre, le renifle, passe sa langue dessus pour en éprouver la consistance, le goût, et, ne lui trouvant aucun intérêt, il le lâche. Cette face imbécile et vorace, maculée de gras et de jus, soudain l'irrite et la rebute. Elle s'empare de la cuvette à vaisselle et lui flanque en pleine figure l'eau de rinçage. Cette baffe liquide, loin de fâcher ou de chagriner le glouton, semble le ravir. Il sursaute, cligne des yeux sous le choc, puis se détend et adresse à Ghirzal un sourire béat. Shav éclate de rire. « S'il a aussi soif que faim, tu peux lui en balancer un autre, de seau d'eau dans la gueule. Tiens, ressers-moi donc un peu de gnôle. » Elle lui remplit son verre et s'en sert un également, qu'elle siffle d'un trait. L'autre les regarde en se balançant légèrement sur sa chaise, un vague sourire s'attardant sur son visage dégoulinant. « Tu veux boire ? » demande Ghirzal, adoucie par sa lampée d'eau-de-vie. Il voudrait tant pouvoir proférer des sons comme ceux qu'il entend, il ne parvient qu'à répéter le dernier mot dans un bredouillement saccadé et guttural : « Bbb…oir…oi…roaon… » Shav se dispense cette fois de toute formalité, il attrape la bouteille d'alcool et se verse une nouvelle rasade. « Il crache les mots comme des morceaux de coque de noix écrasée sous les dents, constate-t-il. Mais je doute qu'il distingue la noix de la coque, il crachouille sa bouillie en vrac. – Chrouille…yiii… rrr… rac ! » graillonne en écho le garçon.

Une femme entre dans la caravane, un ballot de vêtements sous le bras. « J'ai trouvé ça pour le gosse.

J'espère que ça ira. » Elle s'assied à côté de Shav sur la banquette. « Saaa...ira rra ra... » Toula, qui s'apprêtait à déballer son paquet, sursaute. « Un vrai perroquet, ce gosse, dit Ghirzal, il répète tous les sons qu'il becquette à l'oreille. – S'il est aussi doué que le Gris d'Afrique, il apprendra vite, et sera un bon bougre, commente Toula. J'en ai eu un, autrefois, de perroquet jaco, un oiseau étonnant, à la fois bavard et timoré, paisible et joueur insatiable. S'il n'avait pas pris un jour la poudre d'escampette et rencontré aussi sec un matou giboyeur qui lui a arraché une aile, il serait peut-être encore de ce monde. C'est que ça vit longtemps, ces bêtes-là. – Ton Gris d'Afrique parlait et comprenait sûrement mieux que ce drôle, dit Shav, il a la langue aussi brouillée que les briquetiers de la tour de Babel. – Tiens, bonne idée, on pourrait l'appeler Babel, propose Toula. Il n'entend rien à notre langue, il vient on ne sait pas d'où, d'un village encore plus détruit que le nôtre, à coup sûr, et les siens ont dû être chassés, dispersés, comme nos... – Les nôtres finiront bien par revenir, au moins quelques-uns. Moi, j'attends », l'interrompt Shav d'un ton assourdi. « Babel, c'est pas mal, opine Ghirzal pour changer de sujet. Qu'en penses-tu, Shav ? » Mais le vieux n'a plus le cœur à bavarder, il se contente de hausser les épaules. Il s'en fout. Ghirzal insiste et lui reverse à boire pour lui délier la langue, il écluse l'eau-de-vie mais reste coi. Elle s'adresse alors au garçon qui ne les quitte pas des yeux et continue à ânonner les dernières syllabes des mots qu'il entend. « Hé toi ! Ça te plaît, Babel ? – Ppp...laiba... ble... – Bon, intervient Toula en dépliant des tee-shirts et des jeans de couleurs indéfinies tant ils sont délavés, on va passer à l'essayage. » Les deux femmes le font se lever et le débarrassent du drap entortillé sur ses cuisses, elles l'examinent pour évaluer sa taille, sa carrure, sa conformation. Taille moyenne, épaules larges et robustes, hanches minces, jambes un peu courtes, les fesses fermes et rebondies. Devant ces regards braqués sur lui, il se sent mal à l'aise, comme s'il était menacé, fouillé par une force invisible, fouineuse, et il se recroqueville en grondant. Elles appellent Shav à la rescousse et tous trois l'obligent à soulever ses pieds, puis à tendre les bras pour lui enfiler des vêtements. Plus il se débat et plus ils doivent le brusquer, plus ils le rudoient plus il se démène, l'habillage vire au pugilat. Ils finissent tout de même par l'équiper des pieds jusqu'au cou. Les femmes jaugent le résultat d'un coup d'œil incertain mais décident que cette tenue conviendra pour le moment. Le blue-jean plisse un peu aux chevilles, le chandail lui moule le torse, seules les baskets en toile turquoise lui vont bien. Shav ne donne pas son avis, il s'est éclipsé sans un mot.

Le garçon oscille d'un pied sur l'autre, incommodé par ces étoffes qui le bardent, lui collent à la peau, il a la sensation d'étouffer, il se met à gratter le pull, le pantalon, comme s'il s'agissait de plaques de boue à décoller, il tire dessus, ne réussit qu'à se pincer à travers le tissu, ce qui l'irrite encore davantage et le fait couiner d'agacement. « Bizarre, observe Ghirzal, on dirait qu'il n'a jamais porté de vêtements. D'où peut-il bien sortir, ce foutu sauvage ? » Toula, elle, se contente de pouffer au spectacle du gamin qui tournicote et tressaute en grognant.

Le garçon reçoit, faute de mieux, et par dérision, le nom de Babel. Il apprend à s'y identifier, comme il apprend lentement, et très approximativement, à parler, et, avec plus de difficultés encore, à manger avec des couverts et non plus à se jeter sur la nourriture bouche grande ouverte, à supporter le port de vêtements et de chaussures sans chercher à les arracher, à marcher dos droit et tête levée et non plus jambes fléchies, épaules tombantes et front baissé, à ne plus lever le nez à tout moment pour flairer choses et gens en reniflant bruyamment. Sa maladresse est compensée par sa docilité et sa curiosité, il manifeste de l'intérêt pour tout ce qu'on lui fait découvrir, quitte à oublier rapidement ce qui, après expérimentation, ne l'amuse pas.

Personne ne proposant d'héberger ce Babel, Ghirzal le garde chez elle en espérant qu'une autre solution sera bientôt trouvée. Elle lui inculque les rudiments du langage et de la civilité ; à défaut de patience et de sens pédagogique, elle use d'autorité et de rigueur et n'hésite pas à le secouer quand elle est mécontente de lui. Elle remarque que, s'il lui arrive de ronchonner, geindre ou criailler quand il est contrarié, chagriné, jamais il ne pleure. Le jour où elle le surprend en train de se masturber, sans souci d'être vu, elle l'engueule vertement ; cet acte-là, lui assène-t-elle, c'est comme déféquer et pisser, c'est pas montrable, on le fait discrètement, à l'abri des regards, ça ne concerne que soi. Du coup, dès qu'elle s'absente, il se hâte de se livrer à cette activité frappée d'interdit d'exhibition, mais si exquise à pratiquer.

Il ne fréquente pas les autres enfants, Ghirzal tient à le dégrossir avant qu'il ne se mêle à eux, en l'état où il se trouve encore il risquerait de devenir le nigaud facile à railler, voire leur bouffon souffre-douleur. Pour familiariser les enfants du village avec ce nouveau-venu, elle les invite un à un, parfois par deux, pas plus, à passer de temps à autre dans la caravane à l'heure du goûter. Babel les regarde tous avec un mélange d'étonnement et de sympathie, incapable encore de déceler dans le regard et les propos de ceux qu'il rencontre la part de bienveillance, de moquerie, d'indifférence ou d'hostilité. Mais plus que les filles et les garçons de son âge, ce sont les femmes qui l'intéressent, surtout les jeunes mères qui, lors de leurs visites, tiennent un petit sur leurs genoux, serré contre leur ventre, leur poitrine, lui caressant négligemment les cheveux, le cou, tandis qu'elles discutent avec la Vieille. Il voudrait se blottir lui aussi de la sorte, être cajolé par ces femmes à peau douce, il s'efforce de humer leur odeur, leur chaleur, sans attirer l'attention.

L'une d'elles, Harina, vient souvent, seule, ses enfants ne sont plus en âge de somnoler dans son giron ; elle parle par saccades, fume beaucoup. Babel a l'impression que ses paroles se fondent dans la fumée de ses cigarettes, qu'elles s'envolent en spirales bleutées qui se fanent, s'effacent, et sans cesse se renouvellent. Des paroles aromatiques, chaudes, à goût de cire et de pain d'épice, et qui reviennent en boucle. Elle demande à Ghirzal de lui raconter, encore et encore, sa rencontre avec Siran *le jour du malheur*, ainsi que tous ici désignent celui où un commando de miliciens a assailli le village, l'a saccagé et vidé d'une partie de ses habitants. Une attaque surprise, bien menée, aussi brutale que rapide. Siran sortait juste de chez la Vieille quand l'assaut a eu lieu, il était venu l'aider à réparer sa chaudière tombée en panne. Pour le remercier, elle lui avait donné un gâteau aux noix et aux pommes caramélisées, et un sachet de graines de centaurées pour sa femme Harina qui souhaitait en planter dans son propre jardin. Il avait fourré le sachet dans la poche-revolver de son jean, et goûté un peu du gâteau encore tiède avant que Ghirzal ne l'emballe dans du papier d'aluminium. Des graines, elle en avait de toutes sortes et en grand nombre, qu'elle recueillait de ses fleurs mises à sécher dans son grenier, suspendues par la tige au-dessus de cagettes, puis qu'elle glissait dans des enveloppes en papier ou des petits sacs de toile rangés ensuite dans des boîtes en fer pour les protéger des bestioles susceptibles de venir les grignoter. Des dizaines de boîtes dûment étiquetées s'alignaient sur des étagères sous les combles de sa maison. De sa belle collection de semences, il n'est rien resté. Le gâteau que Siran portait dans une main en descendant le perron était tombé au bas des marches, avant d'être écrasé sous les décombres de la maison quand les assaillants l'avaient incendiée. Harina se préparait à ce moment-là à se rendre au dispensaire où elle travaillait ; dans le chaos soudain qui s'était emparé du village, elle n'avait pas revu Siran.

Celle qui émeut le plus Babel est Izra, très jeune encore. Elle est de petite taille, elle a un visage arrondi, le teint hâlé, de longs cheveux noirs qu'elle torsade à la diable et rejette sur une épaule quand elle allaite son nourrisson. Ses yeux sont plus grands et larges que sa bouche qui est très rouge, deux ovales sombres que soulignent des sourcils arqués, épais et noirs. Il aime le ton de sa voix, grêle et un peu voilé, la façon dont elle cligne ses paupières, le frémissement de l'ombre de ses cils sur ses pommettes hautes, le rose humide de ses lèvres, et le globe de son sein qu'il devine délicieusement lourd et moelleux. Un jour il aperçoit une goutte de lait en suspens au bout du mamelon bistre que le nourrisson vient de lâcher. Cela est d'une douceur poignante et lui chavire les sens. Un instant, le monde se condense dans cette perle laiteuse. Le monde, la vie, le désir.

Parfois, l'une des visiteuses fond en larmes après avoir dit : « Je n'en peux plus d'attendre. Attendre sans savoir où ils sont… » Il sent cette eau qui coule en fins ruisselets sur leurs joues, leur goût de sel, il se retient de se lever, de se pencher vers les pleureuses pour leur lécher le visage, comme il s'empêche avec effort d'aller soupeser, caresser les seins d'Izra, et d'y goûter par lentes succions. Mais il reste dans son coin, sagement, le cœur battant, la gorge nouée. Ces odeurs lui sont connues, larmes, peau et lait de femme, elles sont inscrites dans un recoin de sa mémoire, il peine néanmoins à ranimer un souvenir précis ; sa mémoire est aussi dense que brouillée, elle est un remuement qui ne produit aucune image distincte. Malgré tout, ce qu'il découvre depuis qu'il vit chez Ghirzal dans ce village sinistré – maisons, jardins, objets, gens, femmes, vieux et enfants, leurs gestes et leurs paroles – commence à prendre forme et relief en lui, à se déposer en traces moins labiles.

La corneille gîte dans les arbres en bordure du village, chaque matin elle vient se poser sur le toit de la caravane où elle sautille un moment avant de lancer une salve de cris en staccato. Dès que Babel entend le sautillé des pattes sur la tôle, il se lève d'un bond, il court à la fenêtre, martèle du bout des doigts des petits coups contre la vitre ; l'oiseau cesse alors ses craillements et vient lui répondre du bout du bec par un piquetis sonore assené de l'autre côté de la vitre. Le gamin rit, il éprouve durant ces instants un sentiment de familiarité, de complicité heureuse, et les mots *doudi doudila* lui remontent aux lèvres, il les chantonne tout en riant.

Au début, Ghirzal chassait le corvidé, mais Babel montrait alors une telle tristesse, qu'elle a laissé faire. De toute façon, la corneille revient obstinément tant que le jeu de salutation n'a pas eu lieu, après quoi, elle s'en va survoler le village, se perche ici ou là, égrène encore quelques cris râpeux dans l'air, puis prend la direction de la forêt, ou des champs, bientôt suivie par le gamin. Ghirzal a fini par appeler Doudi cet oiseau compère du gamin.

La forêt est son royaume, il y flâne des journées entières, parfois il s'y attarde tant qu'il ne rentre qu'à l'aube. Il aime assister au déclin de la lumière dans le ciel qui semble s'arrondir à mesure que le bleu se sature, se violace puis se fonce en noir indigo, et, au même rythme, à la montée des ombres entre les fûts des arbres jusqu'à leurs frondaisons. Tous pareillement sanglés de noir, les arbres forment une horde de silhouettes immobiles, bras levés, écartés, qui s'effleurent en frémissant. Il écoute et il respire la nuit forestière, l'air humide et froid, très vif mais moins venteux, répand autrement les sons et les odeurs que celui du jour, les bruits se détachent et se répercutent avec plus de netteté, ils claquent comme des bulles, les odeurs s'exhalent avec plus de puissance. Il n'a pas peur dans cette obscurité aussi mouvante que bruissante, ses sens s'y aiguisent comme une lame sur une meule, et il connaît bien son domaine, il sait s'orienter, se protéger des dangers, trouver où et comment se dissimuler au moindre bruit suspect, surtout s'il s'agit de voix ou de pas d'hommes. Il se méfie bien davantage de ceux-ci que des animaux sauvages, car les humains fouinent partout, et certains portent un fusil à l'épaule, prêts à tirer sur toute bête comestible, et aussi, par mégarde, par excitation ou par jubilation, sur tout ce qui bouge, comme si la vie des autres vivants leur était un défi, un obstacle à abattre, la promesse d'une bouffée d'ivresse sanguine.

Un matin, alors qu'il s'apprête à sortir de la forêt, il manque de peu d'être blessé. Deux des vieux du village ont délogé de son terrier un lièvre qui prend la fuite et s'élance à une vitesse éperdue le long de la lisière. Une balle fauche net son formidable élan qui se concentre brutalement en un bond, une chute, une roulade, puis rien, l'immobilité. Il s'écroule dans un bruit mou au pied du buisson sous lequel Babel s'est rencogné dès qu'il a repéré les chasseurs. C'est une bête de belle taille, au pelage fauve tacheté de brun sur le dos, blanc sur le ventre et la queue ; il a de grands yeux, un peu globuleux, dorés pailletés d'ocre, et une plaie au thorax. Babel regarde le lièvre qui gît sur le flanc, tout près de lui, il voit son œil resté ouvert, le globe cuivré devenu fixe, petit soleil vitreux qui ne diffuse aucune lumière, rien qu'une boule de stupeur. La prunelle est un trait infime, mais aspirant comme un trou noir où une vie vient de se ravaler, engloutie. Babel se tient au bord de ce gouffre miniature, son odorat s'exacerbe, s'affole, il sent l'odeur de l'animal, de sa fourrure encore chaude, de son museau encore humide, de la terre sous ses pattes, de la puissance de vie qu'il portait. Il sent l'odeur du sang mêlée à celle du fusil, fer et poudre, chair et feu, frayeur de vivant et furia de mort. Un sifflement l'arrache au vertige qui monte en lui, une balle lui frôle l'oreille. Ne sachant pas si leur proie est tuée ou seulement touchée, les chasseurs ont tiré là où ils l'ont aperçue juste avant qu'elle ne tombe, et ils se dirigent vers l'endroit où ils espèrent la trouver, précédés de leurs chiens. Babel se ressaisit et file s'enfoncer dans la forêt avant que les chiens ne déboulent à sa hauteur.

Il excelle à dénicher les bons coins à champignons, à herbes et à baies, il rapporte à Ghirzal des cueillettes abondantes. Celle-ci, constatant que le gamin se débrouille très bien tout seul, qu'il a trouvé où et de quoi s'occuper, qu'il semble même plus heureux, lui laisse toute liberté. Il ne détecte pas seulement les végétaux comestibles les plus variés cachés en grappes à l'abri de ronciers ou sous des couches de feuilles mortes, il débusque aussi des petits mammifères nichés dans les broussailles et qui, surpris dans leur gîte, saisis de panique, décampent à vive allure. Chaque fois qu'il provoque l'échappée d'un animal, il sursaute, incertain soudain de sa place dans la rencontre très brève et brusque qui vient d'avoir lieu, comme si son propre cœur détalait avec le fuyard, et ce dédoublement le plonge dans un doute qui le contrarie. Pourquoi, se demande-t-il, tout ce qui vit, jusqu'aux plus minuscules insectes, doit-il en permanence se tenir sur ses gardes, en alarme, prêt à déguerpir ? Et il s'agace d'être soumis au même sauve-qui-peut-sa-petite-vie que n'importe quel insecte, n'importe quel loir, mulot, écureuil ou ragondin, faisan ou hérisson dont il a observé les stratégies de fuite ou de camouflage. Il repense alors au lièvre, entre autres bêtes qu'il a vues tuées malgré leurs ruses et leur vélocité, par des chasseurs, ou capturées, écharpées par d'autres prédateurs.

Il scande ses heures de marche et de grappillage de longues pauses, assis sur un talus ou à califourchon sur une branche haute, il lézarde entre ombre et soleil, s'enivre en douceur des odeurs de la terre, des écorces, du vent, tous ses sens épanouis et ravis. Il s'abandonne au flux du temps, il repose à fleur de torpeur, à l'unisson du monde qui l'entoure, l'abrite, le berce et le caresse. Mais par instants, ce calme se trouble, comme si un caillou venait crever la surface d'une eau dormante, formant des ondes fines, fébriles. Le caillou ne provient pas de l'extérieur, il monte du dedans de son être assoupi, de dessous cette molle somnolence qu'il transperce, dissipe. Babel alors se redresse, ouvre en grand les yeux, étonné du changement qui s'opère en lui autant qu'autour ; un changement de *climat*. Pourtant, tout est pareil, rien n'a bougé, ni la lumière ni la saveur du vent, ni le silence tissé de chants, de frémissements, de craquements ténus, et aucun danger ne menace. Simplement, l'harmonie établie entre lui et son environnement s'est distendue, il n'est plus porté par le flux du temps, et l'insouciance paisible où il flottait se dissout, sans raison. L'enchantement s'est rompu. Commence alors une lente dérive vers l'insignifiance, il ressent une sensation de fadeur, une impression de vide. Il découvre l'étrangeté de l'ennui, dont il ne comprend pas la cause, et qu'il ne sait pas nommer. Cela survient comme ça, le prend au dépourvu, l'embrume, le laisse déconcerté, un peu chagrin. Il quitte l'endroit où il paressait en toute insouciance, se remet en mouvement, repart en quête de fruits ou d'observation d'oiseaux, de bestioles, de plantes. La corneille le suit par intermittence ; elle aussi a ses humeurs, ses lubies, ses appels venus d'ici ou là auxquels elle répond à tire-d'aile.

Ou, le désir d'un autre enivrement, plus vif, plus profond, s'empare de lui. Il s'attouche, et l'image d'Izra, la rondeur de ses joues, celle de ses seins, le rose tendre de sa bouche, ses cheveux noirs, l'odeur de lait exhalée par sa peau mêlée à ses babillements quand elle allaite, se déplie dans son imagination, prend volume, l'enveloppe. Sa main perd vite sa douceur initiale, elle s'emporte, serre son sexe avec force, brutalité presque, le corps d'Izra se disloque, ses bras ses seins sa bouche les torsades de ses cheveux se démultiplient, elle est un poulpe splendide et monstrueux qui lance ses charmes ainsi que des rayons mouvants qui l'enlacent, le brûlent, elle est un soleil rose et blanc et noir qui entre en folle rotation, et soudain fait explosion. Il chavire. Sa main relâche son étreinte, son sexe sa tension, son halètement ralentit, Izra n'est plus qu'une image floue. Il s'endort à demi, les yeux mi-clos, ombrés d'or noir et de rose laiteux, tout essoufflé, rompu de jouissance et d'inassouvissement. Cela ne suffit pas, il voudrait une femme de chair, vivante, non en imagination, la tenir enserrée dans ses bras, nue, découvrir ce qui se cache entre ses hanches, au bas de son ventre, il n'a encore entraperçu que le globe d'un sein, des petits pans de peau de la nuque, des épaules, de la gorge, des presque-rien ébouriffants.

Ghirzal considère qu'il est temps pour Babel de se socialiser, de délaisser ses escapades en forêt et de fréquenter des jeunes de son âge. Elle l'envoie jouer avec eux. Mais les garçons le jugent trop empoté, et agaçant avec ses bredouillements, ils le tiennent à l'écart. Quand ils font une partie de foot, ils ne lui donnent qu'un rôle de spectateur, et c'est déjà bien de l'honneur. Qu'il les regarde donc, sans bouger et sans broncher, et qu'il apprenne les règles du jeu avant de prétendre entrer dans l'équipe. Parfois, à la fin d'une partie, Tomko, le chef du groupe, shoote violemment dans le ballon pour le projeter le plus loin possible, de préférence dans des broussailles ou des flaques de boue, et il demande à Babel d'aller le chercher. Celui-ci file aussitôt à toutes jambes, trop content d'être enfin associé au jeu, pensant même que cela en fait partie et que ce rôle de récupérateur de ballon propulsé n'importe où lui est attribué en exclusivité. Il va le ramasser quel que soit l'endroit où il s'est échoué, si nécessaire jusque dans les branchages d'un arbre, et revient au pas de course en tenant sa prise tel un trophée qu'il remet à Tomko. « Mais c'est que ça l'amuse, ce con ! » finit par constater Tomko avec dépit. Du coup, il décide d'introduire une variante, au lieu d'envoyer valdinguer le ballon dans les buissons et la gadoue, il improvise une séance de colin-maillard. À ce jeu, il ne convie que les garçons les plus âgés de la bande, entre onze et quatorze ans ; il les devance tous de plusieurs années, il a presque dix-sept ans, il est l'unique grand adolescent du village.

Il aurait dû être embarqué, le jour où les assaillants ont surgi, mis à sac les maisons, jeté des grenades dans les caves, les granges, les étables, les bâtiments publics, puis rassemblé la population sur la grand-place et effectué un tri parmi les hommes ; tous ceux entre quinze et soixante-cinq ans environ, estimés aptes au combat, ont été emmenés. Depuis, aucune nouvelle. Tomko était sur la place, avec tous les siens, mais sa petite taille, son visage poupin, sa voix encore fluette ont trompé les soldats qui lui ont attribué une douzaine d'années alors qu'il en avait plus de seize, et ils l'ont repoussé dans le troupeau des femmes, des gamins et des vieux. Cette erreur l'a sauvé, mais aussi mortifié. Il aurait voulu partir avec les grands, avec les hommes, les guerriers. Peut-être ont-ils été conduits dans un autre pays, allié de leurs ennemis d'hier, et enfermés dans des camps de rétention ou de travail, attendant leur libération qui ne devrait plus tarder, puisque un armistice a été conclu, peut-être sont-ils cachés par leurs ravisseurs qui les gardent dans la perspective de se servir d'eux comme monnaie d'échange contre des prisonniers de leur bord, ou comme enjeux de rançons ? Il attend leur retour, leurs récits. Parmi ces otages, il y a son père, ses oncles, des cousins, et son propre frère de onze mois son cadet mais qui déjà le dépassait en taille et en force. Qu'a-t-il à faire de ce morveux de Babel sorti des bois comme une fouine affamée, qui débarque tout à trac dans le village privé de ses hommes, s'y installe, s'habille avec les vêtements des disparus ? On ne survient pas ainsi de nulle part, nu comme un enfant sauvage mais la peau pâle et soyeuse comme un gosse bien soigné, c'est louche. Et puis il a cette foutue manie de constamment renifler, son nez charnu est toujours en alerte, avide d'aspirer la moindre odeur et désireux d'identifier celle qu'il découvre. Tomko a reconnu des pantalons et des pulls de ses copains, de ses cousins, de son frère, portés par ce blaireau. Un putois, plutôt, furtif et farouche et certainement cruel comme cette bête puante. Il convient de lui flanquer une leçon, à ce voleur, cet usurpateur, de lui faire comprendre que lui, Tomko, n'est pas dupe de son jeu de gamin pauvre, abandonné et simplet, qu'il se doute qu'il vient de chez les salauds. Un infiltré, un espion, qui sait ?

Ils s'éloignent du village, entrent dans un pré où ils entament une partie de foot qu'ils interrompent vite.

« Mi-temps ! » annonce Tomko en sortant un foulard de sa poche dont il se bande les yeux, et il cherche à tâtons le ballon que les autres se refilent de main en main. Dès qu'il le trouve, il dénoue son bandeau qu'il passe à un de ses camarades, lequel bientôt le donne à un autre, et ainsi de suite. Babel observe ce nouveau jeu avec intérêt, il le trouve rigolo, d'ailleurs tout le monde rit. Son tour arrive, il est excité, il s'approche du dernier joueur en train d'enlever le foulard pour prendre son relais. Mais ce n'est pas un bandeau qu'on lui applique sur le visage, on lui enfouit la tête dans un sac de jute et aussitôt on le bouscule, on le fait pirouetter à toute vitesse, et à mesure qu'il tourne on tire sur ses vêtements, les lui arrache, boutons et coutures se déchirent. Il respire par saccades, l'haleine courte. Le sac pue le sang séché et la fiente, il a dû servir à transporter des volailles égorgées, le jute lui râpe la peau, il a chaud, il transpire, des plumules se collent sur ses joues, son nez, ses lèvres. Il a des haut-le-cœur, ça remue dans son ventre, il a du mal à déglutir sa salive, il s'y mêle un liquide âpre et acide. Cette nausée est aggravée par les invectives crachées en ronde serrée autour de lui ; les garçons lui sifflent aux oreilles qu'il n'est qu'un va-nu-pieds-va-nu-cul détrousseur des absents, un bâtard profiteur né de la chiasse d'une pute, qu'il n'est pas leur copain, ne le sera jamais. Il ne comprend pas les injures, il ne perçoit que le ton acerbe et les rires mauvais, cela suffit pour lui faire mesurer la virulence de la détestation et du rejet des autres à son égard. Puis ils le font tomber, rouler dans des bouses, et Tomko lui pisse dessus, aussitôt imité par trois de ses comparses. Après la signature sonore de leur haine, c'est l'ultime contreseing. Les plus jeunes reculent, le jeu prend une tournure qui ne les amuse plus, qui les dégoûte même, et les apeure un peu. Ils s'en vont, penauds, houspillés par les plus grands qui leur ordonnent de ne rien raconter à quiconque, c'est leur secret à eux tous, malheur à celui qui le trahirait. Une corneille lance des cris rugueux en cercles au-dessus du champ.

Babel cherche son souffle, mais chaque aspiration lui coûte tant est fétide le peu d'air contenu dans le sac. Sur sa peau, la moiteur poisseuse de la sueur, dans sa bouche, l'âcreté du vomi, dans ses narines, les remugles mêlés du sang, de la fiente et des plumes sales, et dans ses yeux, un picotement qui s'amplifie, se transforme en une giboulée de piqûres, de brûlures, il a l'impression que ses globes prennent feu, que ses paupières enflent, mais c'est de l'eau qui les submerge et se répand sur son visage. L'image des femmes éclatant soudain en larmes dans la caravane de Ghirzal, au détour d'une phrase, lui revient en mémoire, et l'odeur de leurs pleurs monte en lui par violentes bouffées ; il passe sa langue sur ses lèvres mouillées, s'étonne de leur goût de sel, c'est à la fois piquant et fade.

Satisfaits de leur partie d'humiliation, mais non vraiment repus, ses persécuteurs le relèvent, le débarrassent du sac qui l'encagoulait. Il est vraiment piteux à voir, avec sa gueule maculée de coulures, irritée par le frottement du tissu rêche, rougie par la suffocation, les lèvres bleuies et tremblantes, le nez morveux, le regard abruti et le pantalon compissé. Il a les jambes molles, il peine à tenir debout. Les autres l'escortent jusque chez Ghirza. En chemin, Tomko lui dit qu'il se charge d'expliquer à la Vieille ce qui s'est passé, et que lui, le pisseux, a intérêt à se la boucler, à ne surtout pas le contredire. De toute façon, tout ça, ce n'était qu'un jeu, n'est-ce pas ?

Ils n'avaient rien à craindre, le capitaine de jeu et ses équipiers, tout se passe au mieux. Ils racontent à Ghirza que cet idiot a déchiré ses vêtements à des fils barbelés en voulant pénétrer dans un pré, puis qu'il a eu peur des vaches et qu'il s'est enfui, que dans sa maladresse il est tombé dans une bouse, et dans sa trouille il a pissé dans sa culotte. Il est vraiment couillon, disent-ils, et froussard avec ça, il ne comprend rien à rien et s'affole de n'importe quoi. Enfin, heureusement qu'ils étaient là, ils sont venus à son secours, il aurait pu se faire piétiner ou encorner par les vaches qu'il avait énervées en courant et en braillant à tue-tête. Babel les laisse débiter leur mensonge sans souffler mot, la stupeur et la honte lui ont coupé la parole. Une salive épaisse, où se mêlent tous les goûts répugnants qui ont empuanti ses sens, stagne dans sa bouche, englue sa langue.

Il a beau se laver, se frotter, boire et recracher, l'encrassement qu'il éprouve est tenace ; il en tombe malade. Pendant des jours la fièvre lui touille la chair qui n'est plus qu'une pâte visqueuse, elle le consume par flambées, son corps ruisselle de sueur. Il exsude sa terreur, son humiliation, sa colère, il s'en délivre comme d'eaux sales. Il se sent peu à peu lavé, lessivé, rincé au-dedans de son corps, soumis à une formidable ablution. Puis la fièvre retombe, s'éteint, il se relève sauf, mais exténué, et privé de son flair formidable. Son odorat n'a pas disparu, mais il s'est amoindri ; le monde alentour perd son fort relief olfactif, les odeurs lui parviennent atténuées, et moins nombreuses. Une sensation de faiblesse et de froid l'enveloppe comme si une brume chargée de grésil floconnait sous sa peau.

Ce qui grésille en lui, ce sont les mots. Le peu de vocabulaire qu'il avait acquis s'est disloqué sous le choc de l'agression, puis dissous dans la fièvre, et des lambeaux de vocables flottent dans sa tête, s'y heurtent les uns aux autres. Tous ces mots concassés, il veut les ressaisir, les reformer, les affûter, et surtout les multiplier, il lui faut compenser l'amenuisement de son odorat en s'emparant du langage comme d'un instrument d'exploration des choses et des gens, en faire une faculté de perception, un sixième sens qui ramasse et concentre les cinq autres. Une arme pour comprendre tout ce qui se dit, et ce qui se trame dans ces dires. Il veut aussi pouvoir nommer les choses, les sensations, les sentiments, et plus encore ce qui échappe aux sens, à la saisie immédiate, à l'évidence. Nommer pour prendre à son tour la parole et tenter de survivre parmi ses congénères si imprévisibles, déconcertants, comme il le devient de plus en plus à lui-même. La part d'inconnu en lui ne cesse de s'amplifier, il s'égare dans ses propres méandres. Nommer pour tenter de s'orienter dans ce labyrinthe intérieur semé d'obstacles, de traquenards, de gouffres. Nommer pour grandir, pour lutter, se défendre. Nommer pour vivre. Lorsque enfin il retrouve l'usage de la parole, il demande à apprendre à lire et à écrire.

Ghirza s'étonne de ce souhait, le gamin jusqu'à présent n'a jamais manifesté beaucoup d'entrain à s'instruire, préférant passer des heures à demi allongé sur sa banquette à regarder, dans une oisiveté béate, un bout de ciel par la fenêtre, le moutonnement des collines au loin, le balancement des branches du sorbier proche de la caravane, où la corneille a coutume de se percher, ou bien à courir les bois. Un garçon indolent, timide et rêveur, qui ne comprend rien à rien et fait tout de travers, encore inapte à établir des relations avec les autres, même de son âge, comme vient de le prouver son comportement pitoyable, d'après le récit de ses camarades déjà lassés de lui. La Vieille n'en a pas moins des doutes quant à la véracité des faits, elle soupçonne Tomko et ses copains d'avoir abusé de la naïveté de Babel, d'avoir fait de lui leur défouloir et d'être en partie responsables de sa mésaventure, mais elle n'a pas envie d'enquêter plus avant, et pas davantage de se charger de l'alphabétiser, elle n'en a pas la patience. Et puis, elle a d'autres occupations, plus urgentes, elle est emportée dans le maelström qui vient de survenir, le temps s'arrache par à-coups de ses gongs rouillés, le village sort en accéléré de l'oubli, de son long croupissement dans l'isolement, l'anxiété et le dénuement. L'électricité, les connexions aux réseaux téléphoniques viennent d'être rétablies, les routes sont à nouveau praticables, un pont de fortune est construit en remplacement temporaire du pont de pierre détruit sur la rivière, des journalistes de différentes chaînes de télévision et de radio se succèdent pour effectuer des reportages, une commission chargée d'enquêter sur les exactions commises dans la région envoie un groupe d'experts, les membres d'une mission humanitaire arrivent pour évaluer l'aide dont les gens ont besoin. Chacun des habitants a soudain tant à faire, tant à dire, à réclamer, à questionner, après tous ces mois de confinement et d'inaction, et surtout d'attente. Mais des hommes embarqués dans la rafle, non, toujours pas de nouvelles. La vie malgré tout reprend son cours, dans la hâte, le désordre, la fébrilité.

Babel observe cette agitation avec curiosité, mais il se tient à distance, il se méfie de tous ces inconnus qui débarquent les uns après les autres, surtout des journalistes qui furètent partout, équipés d'instruments aussi volumineux qu'inquiétants qu'il croit être des armes. Il lui faut pourtant se montrer à quelques-uns de ces étrangers, un médecin qui l'ausculte, deux psychologues, et d'autres personnes encore qui l'interrogent, toujours en présence de Ghirza qui le conduit d'une visite à l'autre. Son cas d'enfant trouvé, incapable d'indiquer d'où il vient, qui il est, intéresse et émeut mais pose des difficultés. Comment lui établir un document d'identité alors qu'on ignore tout de lui ? Est-il gravement traumatisé mais capable de recouvrer la mémoire, son nom, sa langue, ou est-il atteint de débilité légère, sinon moyenne, de nature congénitale ? Doit-on le laisser dans ce village, ou le conduire dans un autre lieu, voire un autre pays, le placer dans un orphelinat, ou dans un établissement spécialisé pour enfants déficients mentaux ? Est-il adoptable ? Mais qui voudrait accepter de prendre pour fils cet adolescent arriéré ? Babel comprend à peine ce qu'on lui veut, ce qui se prépare autour de lui, et il ne s'en soucie guère. Ce qui l'intrigue, c'est de découvrir qu'il existe d'autres langues que celle parlée au village, il la croyait unique. Certaines des personnes qu'il rencontre s'expriment en effet autrement, elles utilisent des mots aux sonorités nouvelles que Ghirza ne comprend d'ailleurs pas davantage que lui. Des interprètes se chargent de faire circuler les mots en en transformant le rythme et le son, cela l'émerveille comme s'il s'agissait d'un spectacle de magie, tel qu'il en remarque dans la nature quand des pousses sortent de terre et se déploient en épis ou en fleurs, quand les crosses des fougères se déroulent et se font dentelles, quand les feuillages changent de couleurs, puis s'échevellent et se dispersent, quand la pluie voile soudain le ciel ou que le soleil crève des nuages, illuminant l'espace, quand le vent… Et il sourit de plaisir en écoutant ces voix en mutation continuelle. Il rêve à présent d'apprendre toutes les langues. Il s'imagine nager dans un labyrinthe vocal, bondir d'un flux de paroles à un autre. Ceux qui l'examinent prennent son sourire continu pour un signe d'idiotie.

Puis tous ces gens repartent, requis ailleurs. Des bourgs saccagés comme le leur, suspendus dans un deuil imprécis après des rafles, des villes en ruine, des orphelins et des enfants traumatisés, des disparus, il y en a en nombre dans le pays, et tout autant dans le pays ennemi. Le dossier « Babel » est emporté pour être étudié plus avant ; un cas à suivre parmi une multitude d'autres.

Dans le village vidé de ses visiteurs, les habitants à nouveau réduits à eux-mêmes retombent dans leur attente lancinante. Babel, lui, éprouve un autre manque, celui des voix polyphoniques. Une brèche s'est ouverte dans son monde encore si clos, si restreint – l'art de nommer les choses est immense, ondoyant, les mots aussi abondants que les étoiles dans le ciel.

Cette découverte l'enchante et l'accable à la fois, lui qui piétine dans un maigre cailloutis de mots. Comment récolter, engranger tout ce vocabulaire dont il a entrevu l'amplitude, comment ne pas se perdre parmi tant de possibles ? Comment accéder à la fluidité du langage ?

Babel ignorait ce qu'est un clown jusqu'à ce qu'il en voie à la télévision, chez Toula où Ghirza le conduit quelquefois. Depuis qu'elle a récupéré un téléviseur, Toula le laisse allumé en permanence. Elle ne l'écoute et ne le regarde qu'à peine, le flot continu d'images et de sons n'a pas d'autre fonction que de faire diversion à l'anxiété qui la consume. Babel, lui, est fasciné par cet écran qui chatoie d'innombrables couleurs, figures, personnes, et de voix et de bruits. La première fois, il va vérifier ce qui peut bien se cacher derrière. Rien. Quel étrange miroir est-ce là, qui ne reflète pas ce qui est devant lui, pas davantage ce qui est derrière, qui diffuse des reflets sonores venus de nulle part ? Il s'accommode de ce mystère, comme de tant d'autres, et se contente d'admirer ce prodige avec bonheur. Le jour où il voit un spectacle de clowns, son plaisir vire à l'euphorie, ces bonshommes grotesques lui semblent d'emblée familiers alors qu'ils lui sont inconnus, ils sont bariolés, tapageurs, lourdauds et cependant agiles, imprévisibles ; ils lui font penser à de grands oiseaux pataudss, inaptes au vol autant qu'au chant mais capables de bonds et de cabrioles formidables, et de proférer des sons très étonnants. Il rit comme jamais encore il n'a ri. Dans la foulée de ce spectacle, Toula et Ghirza parlent de Yelnat. C'est l'autre rescapé du *jour du malheur*, avec Tomko ; un homme d'une cinquantaine d'années, absent du village au moment de la rafle. Il est désormais seul de sa génération. Cela n'a fait que renforcer sa taciturnité, qui était déjà grande. Il vit en retrait, n'échange que peu de mots avec les gens de son entourage, ne s'attarde avec personne. Les deux femmes se rappellent que dans sa jeunesse il a été, sous le nom de Baldo, un artiste célèbre, clown et musicien, qu'il a beaucoup voyagé, vécu longtemps à l'étranger et qu'il parle plusieurs langues. Tout ça pour ne plus ouvrir la bouche, ou presque, depuis son retour, déplore Toula qui aussitôt insinue que c'est certainement pour ne pas avoir à évoquer la période où il a disparu pendant plus de cinq ans. Une rumeur prétend qu'il aurait tout abandonné pour aller prendre part à une révolution éclatée contre un régime dictatorial, mais le nom du pays insurgé reste imprécis, on se contente de le situer quelque part en Amérique latine. Un clown chez les guérilleros. A-t-il joué aussi habilement de la kalachnikov que du bandonéon, des verres musicaux et de la scie, instruments où il excellait ? Il a fini par revenir dans son village natal, mais sans s'y réintégrer. Un étranger au sein même de sa communauté. Et puis, son absence le jour fatidique, voilà quelque chose qui reste louche et qui en turlupine plus d'un.

Cette histoire accroît l'enchantement dans lequel l'émission télévisée a plongé Babel. Tout s'entrechoque dans sa tête et se combine en un puzzle d'une simplicité quelque peu biscornue – les clowns portent un gros nez rouge qui produit des sons bizarres quand on le cogne ou qu'on le tord, Yelnat-Baldo a été clown et musicien et il connaît plusieurs langues, une corrélation doit donc exister entre ces éléments. Il a en outre le pouvoir de disparaître puis de reparaître, de parler en diverses langues ou de se taire à sa guise, de se transformer en un bric-à-brac animalier mêlant le dindon, la chouette, l'oie domestique, l'autruche, le pingouin, le ouistiti et le babouin, puis de reprendre forme humaine. Un magicien. Quant à la guérilla, Babel ne sait pas précisément ce que cela désigne, il devine juste que l'on y joue d'instruments de bruits secs plus que de musique, tels ceux des chasseurs.

Malgré la crainte que lui inspire Yelnat, il va un soir se planter devant sa maison, laquelle est réduite à un tiers de son volume initial, une pièce étayée de tous côtés par des poutres. Il n'ose pas frapper, il attend qu'il sorte. L'attente est longue, Yelnat n'est pas chez lui ; quand il revient, il trouve le gamin sur son seuil, immobile, bras ballants. « Qu'est-ce que tu fous là ? » Babel sursaute, se retourne, et se met à osciller d'un pied sur l'autre, il cherche ses mots, finit par demander : « Faut être clown pour savoir beaucoup langues ? Faut boule nez rouge ? Ton nez, t'as plus, où l'est ? » Sur le coup, Yelnat ne comprend rien à son charabia, il le regarde en haussant les sourcils, mais l'autre, pris de l'intrépidité des timides qui ont sauté le premier pas, insiste : « Baldo, où est ? Baldo toi, pas toi ? » Yelnat cette fois fronce les sourcils, il n'aime pas évoquer son passé. « Qu'est-ce que c'est que ces conneries ! C'est la Vieille qui a bavardé sur mon compte, hein ? Allez, oublie ça, et file. » Mais Babel ne s'avoue pas vaincu, pas déjà, pas comme ça, sa démarche lui a coûté trop d'efforts, trop d'audace, et d'une voix qui s'étrangle presque, il martèle sa demande avec ses mots hachés, sans liaisons, mais obstinés : « Non ! Besoin savoir moi. Savoir parler, comprendre, comprendre beaucoup. Besoin pour vivre. Si pas dire, pas comprendre, danger mourir, méchants me tuer. – Méchants ? Qui ça ? La guerre est finie, corniaud, du moins pour le moment. – Non, méchants y a, Tomko, Vilborg, Sald… » Yelnat l'interrompt, il a saisi, au moins en partie, ce qui tourmente l'idiot qui a dû tomber tout d'une masse flasque dans le rôle de bouc émissaire que lui auront imposé les gosses excédés de désœuvrement, encolérés d'impuissance et d'anxiété. Mais, tout comme Ghirza, il n'a pas envie d'en apprendre davantage, de connaître les noms des apprentis persécuteurs, tous ces ragoûts cuits et recuits clapotant de menues cruautés et de féroces saloperies lui répugnent, et surtout l'ennuient. C'est toujours les mêmes histoires, les mêmes saletés, la méchanceté n'a aucune imagination sous son air hâbleur et conquérant, elle radote piteusement, recyclant sans fin ses vieilles trouvailles, et le pire, c'est que ça marche, il se trouve constamment des novices pour se laisser séduire, et prendre goût au jeu. Lui aussi, en son temps, il s'est jeté dans la ronde du crime déguisé en justice et bravoure, il y est entré en preux, en est sorti en banal assassin.

Yelnat se radoucit un peu, il regarde le garçon auquel il n'avait jamais prêté grande attention. Il est étrange, avec ses yeux allongés vers les tempes et qui luisent comme des galets mouillés dont la couleur varie du pâle au sombre au gré des émotions qui le traversent. Il a des cils longs et raides, d'un blond transparent. Ce dernier détail retient son attention plus que la bizarrerie des iris moirés, cela lui rappelle quelqu'un, mais il ne sait pas qui, et ce rappel à fleur d'oubli l'agace. « On verra ça une autre fois, dit-il pour se débarrasser du gosse. Je n'ai vraiment pas le temps maintenant. Allez, va ! » Babel le fixe de ses yeux trop brillants, il ne sait plus que dire, il a épuisé son vocabulaire, son culot, son espoir, sa gaucherie revient en force et le happe à la gorge, à la nuque, il s'en va à pas traînants, tête baissée. Une question le tarabuste : ça veut dire quoi, « une autre fois », c'est *quand* ? Ce soir, demain, jamais ? Tout ce qui n'advient pas dans l'immédiat, ou presque, est pour lui un *jamais*. Il vit dans la plénitude du présent au sein d'une rondeur temporelle chaque jour renouvelée, non dans l'étendue indéfinie du temps. Yelnat se retourne, il regarde s'éloigner le benêt à la démarche alentie par la déception et l'embarras. Soudain, il voit une corneille voler vers lui et se poser sur son épaule. Aussitôt le gamin se redresse, il l'entend émettre un rire de joie auquel l'oiseau répond par un cri bref. C'est alors que le souvenir survenu quelques instants plus tôt s'arrache aux limbes où il flottait : Little Crunch !

Little Crunch, le nom de scène d'un de ses partenaires d'autrefois, lorsqu'il formait un trio avec un clown blanc et un contre-pitre. Leur collaboration était épisodique, ils faisaient une série de spectacles ensemble, puis chacun repartait de son côté jouer dans une troupe, en duo ou en solo. Du jour où il a quitté le monde du cirque, Yelnat a perdu tout contact avec eux. Lui, il était un Auguste, portant nez rouge et énormes godasses, perruque frisée et frac bariolé, jonglant avec les mots autant qu'avec divers instruments de musique ; un bouffon plein d'insolence et de malice enjouée qui s'ingéniait à contrarier l'élégant clown blanc, surnommé Lord Bang, dans ses patients efforts d'instaurer ordre et euphonie en égrenant des notes cristallines sur une harpe d'un blanc aussi scintillant que son costume bouffant et son bonnet conique. Baldo l'Auguste brisait la délicate mélodie à coups de trompette, de cymbales, de scie ou de bavardages loufoques. Little Crunch, lui, assumait le rôle du naïf éberlué et froussard, terrible bégayeur, gaffeur invétéré, fouteur de pagaille chronique, passant sans cesse et tout à trac du rire aux sanglots et vice versa, toujours sur un ton suraigu. Un bonhomme d'allure chétive, aux bras très longs qu'il laissait ballotter mollement le long de son buste penché en avant à la façon d'un singe lorsqu'il se tenait debout ou qu'il marchait. Il imitait d'ailleurs à merveille le cri du gibbon et était capable d'effectuer des bonds extraordinaires pour attraper des trapèzes auxquels il s'accrochait, s'y balançant en tous sens avant de lâcher prise. Il tentait toujours de tomber sur la tête de ses compères qui l'évitaient in extremis, du coup il s'affalait sur le sol où il roulait en gigotant, couinant, gloussant, jusqu'à ce que Lord Bang, dont il menaçait l'autorité et le goût de l'harmonie, et Auguste, dont il ruinait la prétention à s'imposer, viennent lui botter copieusement le cul. Hors de la scène, ce paillasse était tout différent, il avait un caractère abrupt, l'esprit rusé, une voix sèche, le rire moqueur, assez semblable au craillement d'une corneille, et un solide sens des affaires. Ses yeux étaient frangés de cils pareils à ceux du gamin, fins, rigides, blond-blanc, qui voilaient son regard d'une ombre laiteuse et mettaient Yelnat mal à l'aise sans qu'il comprît pourquoi. Peut-être parce qu'il ne savait pas *d'où* l'autre le regardait quand ils se trouvaient face à face, du fond de quel repli, de quelle indifférence, ou de quelle rouerie. Pourtant, rien de tel avec le gamin, son regard est sans duplicité aucune, il est aussi transparent que ses cils, déconcertant de candeur. Un regard de suppliant. Mais l'excès d'innocence jette aussi dans le trouble celui qui croise son regard, plus encore même que le soupçon de fourberie.

Le lendemain, Babel reprend de bonne heure le chemin des bois. Il fuit autant qu'il le peut Tomko et ses copains à nouveau désœuvrés et qui ne demandent qu'à recommencer à jouer à ses dépens. Depuis le départ des étrangers, des journalistes, il ne se passe rien dans le village, juste la poursuite du long travail de reconstruction, la routine des tâches quotidiennes, les pauses thé, café ou gnôle les uns chez les autres, ou à l'épicerie-bar sur la place. Sur tous, l'attente a rétabli pleinement son empire, l'inquiétude son pouvoir d'usure, d'accablement. Seul Babel échappe à cette folie d'attente. La sienne est beaucoup plus réduite, et toute récente : c'est *quand*, « une autre fois » ? Il se dit que peut-être, c'est ce soir, et qu'il verra Baldo.

Mais lorsqu'il rentre en fin de journée, il trouve le village désert. Le soleil diffuse au ras de l'horizon une clarté orangée qui avive les couleurs des feuillages, des toits et des façades des maisons. Même la caravane de Ghirza et son auvent se parent de teintes plus chaudes, le blanc sale de la roulotte a des reflets d'ivoire, le polyester jaune pisseux prend une blondeur de miel. Mais Ghirza n'est pas là. Babel ressort, il va chez Yelnat, absent lui aussi. Il arpente les rues. Le silence est presque aussi dense que celui qui vibre dans la forêt, juste fêlé de temps à autre par des voix de bêtes, au loin. Il longe les maisons, se risque à jeter des coups d'œil par les fenêtres, dans les jardins et dans les cours, il tend l'oreille ; personne. Si, çà et là, il devine la présence de vieilles gens et de tout petits enfants au fond de maisons. Il fait le tour de la place, le bistrot et les deux boutiques qui vendent un peu de tout et beaucoup de rien sont fermés. Il note un détail qui l'intrigue, il ne voit ni n'entend aucun chien. Ceux-ci sont assez nombreux pourtant, faisant office de gardiens, de compagnons, ou dressés pour la chasse, pratiquée par beaucoup. Il en repère deux, malgré tout, si vieux qu'ils ne peuvent plus faire que quelques pas, de leur niche à leur gamelle, et aux beaux jours, d'un rayon de soleil à un autre. À croire que tous les villageois et leurs chiens valides s'en sont allés, abandonnant derrière eux ceux qui ne le sont pas. Mais allés où ? Doudi, après avoir survolé les lieux en essaimant ses croassements, vient se jucher sur son épaule, elle le quitte quand il retourne à la caravane.

Il n'a pas d'appétit, la faim énorme qu'il ressent toujours au retour de ses escapades ne se traduit cette fois que par une douleur au ventre. Il se lave, s'habille pour la nuit, mais ne se couche pas malgré sa fatigue. Il s'assied sur sa banquette, et attend, l'esprit vide et cependant tendu. Cette attente qui lancinait les habitants du village, et qu'il ne partageait pas car elle ne le concernait pas, voici qu'il l'éprouve, seul. Elle croît, se creuse au fil des heures. Où donc sont partis les villageois et les chiens ? Est-on venu les enlever, eux aussi, comme ceux-là dont il a entendu parler ? La méfiance, plus ou moins forte, que lui inspirent la plupart des gens depuis le sale coup machiné par Tomko et sa bande, est comme en suspens, assourdie ; à défaut de vouloir se mêler à eux, il aimerait les savoir là, dans les parages, chacun chez soi, et Ghirza auprès de lui. Dans la forêt, il se passe très bien d'eux tous, mais pas ici, au village. Pour la première fois leur absence lui est plus pénible, alarmante, que leur présence, et pour la seconde fois, des larmes lui montent aux yeux, les lui brûlent et les brouillent. Sous ses paupières embruinées il voit trembler le visage de la Vieille, son regard vif et franc qui peut être dur autant que malicieux, attentif toujours, et le si doux profil d'Izra, les battements de ses cils, leur ombre sur ses joues. Leurs visages affleurent, frémissent, intensément proches et lointains, intouchables, comme est le sien lorsqu'il se penche sur un plan d'eau. Il s'endort assis, les mains sur les genoux, les yeux mi-clos sur le miroir magique des larmes. Il attend.

Tard dans la nuit une rumeur le réveille. Il se lève d'un bond, chancelle, se rassied, se relève, va à la fenêtre. Il distingue mal dans l'obscurité, seulement des silhouettes qui glissent, un peu courbées, et muettes ; certaines sont flanquées d'un chien, qui lui court et jappe. Seules ou par petits groupes, les ombres rentrent dans leurs maisons. Les fenêtres s'allument, partout. Il se sent autorisé à donner à son tour de la lumière dans la caravane. Il est heureux, il n'est plus seul. Ghirza ouvre la porte, son visage est plus altéré que l'image qu'il avait d'elle dans ses larmes de la veille. Elle tient à la main une fleur à haute tige, aux pétales rayonnants et espacés, bleu azur à cœur violet, qu'elle dépose à plat sur la table. Cette fleur éblouit le gamin. « Ah ! Tu es là, toi ? » dit-elle d'un ton si neutre et sec que la joie qui venait de le saisir retombe d'un bloc. Elle n'ajoute rien, semble en fait l'oublier au même instant. Elle éteint la lumière et va s'allonger tout habillée sur son lit, tête tournée vers la cloison.

Babel n'est pas le seul à arpenter les bois, certains des vieux du village s'y rendent à la saison de la chasse, et il y a d'autres cueilleurs que lui. Il a appris à repérer leurs zones et leurs périodes d'incursion, il s'esquive dès qu'il les entend approcher du lieu où il se trouve. Mais les vieux qui parfois s'enfoncent loin dans la forêt ne le font pas que pour traquer le gibier, les femmes pas seulement pour y ramasser des baies, des champignons, des plantes, tous cherchent autre chose, sans se le dire les uns aux autres, sans se l'avouer toujours à soi-même. Chacun reste à l'affût d'une trace, d'un signe, les yeux rivés au sol, au cas où la terre leur donnerait quelque indice du passage des hommes disparus. Mais les erres sont rompues, trop de temps a passé. Ils ne se résignent pas malgré tout, leur espoir est têtu, leurs battues aussi discrètes qu'opiniâtres, alors même qu'ils redoutent de déceler le presque-rien qui pourrait les mettre sur la voie. Où risquerait-elle de les conduire, de les égarer ? Cela finit par advenir, pourtant. C'est Flamira, une fillette de huit ans, qui aperçoit une lueur au milieu d'un sentier ; une lueur minuscule, mais intense. Un rayon de soleil tombe droit, en traversant les frondaisons, sur un éclat de verre fiché dans la terre. La fille va voir de près cette chose qui brille, quelque menu trésor, peut-être, un bijou tombé du bec d'un oiseau chapardeur du haut des branches, qui sait. Elle est déçue, le temps qu'elle s'en approche, le rai de lumière s'est déplacé et le miroitement a cessé. C'est une montre au verre fêlé à moitié enfoncée dans la boue. Flamira l'extrait malgré tout, la considère un instant avec dépit, s'apprête à la jeter puis se ravise. Elle l'apporte à sa mère occupée à cueillir des grappes de sureau. Celle-ci jette un coup d'œil distrait sur la trouvaille de sa fille sans interrompre son activité, mais après quelques minutes elle suspend ses gestes et demande « Fais voir ? » sur un ton étonné, comme si son inattention se retournait d'un coup en curiosité. Elle prend l'objet encroûté que lui tend Flamira, le gratte avec ses ongles pour le décrasser un peu. C'est une montre-bracelet en acier, au cadran rond et noir, doté d'aiguilles et de chiffres blancs et d'un guichet dateur. L'acier est corrodé, le fermoir cassé, le verre fissuré en étoile. « Elle est foutue, dit la petite, elle est moche. – Où l'as-tu trouvée ? – Là-bas. » La femme glisse la montre dans sa poche et va à l'endroit indiqué, elle s'accroupit et inspecte le sol, puis elle avance à croupetons, tête baissée, mains tâtant la terre tout autour d'elle. Elle fait plusieurs mètres ainsi sous le regard amusé de sa fille qui pense que sa mère espère dénicher une plus jolie montre. Soudain elle pile, racle une fine couche de terre et extirpe une rondelle qu'elle nettoie. C'est un bouton de veste en corne à quatre trous, de couleur brun et ivoire. Elle le fourre aussi dans sa poche. Elle se relève, les genoux endoloris, examine les alentours, avise un arbre tout proche et accroche son écharpe à rayures noires et jaunes à une branche qui s'élève légèrement à l'oblique à un mètre de hauteur. Puis elle saisit sa fille par la main et l'entraîne au pas de course. « Viens, on rentre. »

La nouvelle se répand en un éclair qui zigzague à travers le village et dans l'heure qui suit la plupart des habitants s'acheminent vers la forêt. Les chiens les accompagnent, tenus en laisse. Ils vont bon train, en file sinueuse, jusqu'à ce qu'ils aperçoivent l'écharpe à bandes jaunes et noires qui se balance à une branche. Le cortège alors se disloque, les gens se répartissent le long du chemin, en amont, en aval et largement autour des premiers vestiges trouvés. Chacun s'est muni d'instruments de jardin, petits râteaux, bêches, grattoirs, piochons, transplantoirs et binettes, certains ont apporté des pioches et des pelles. Les chiens sont incités à éventer des traces de ceux qui étaient leurs maîtres, dont on leur fait sentir de vieux vêtements apportés tout exprès. À genoux, dos courbé, ils scrutent le sol, le ratissent avec précaution, examinent le moindre débris qu'ils repèrent. Ils progressent au ralenti, glanent avec patience, méticulosité ; la récolte s'enrichit au fil des heures – une deuxième puis une troisième montre, un capuchon de stylo, une médaille, une paire de lunettes brisées à la monture distordue, un mouchoir en lambeaux, quelques pièces de monnaie, des morceaux d'une chaîne en or, des rognures de papier, un briquet rouillé, une alliance… Chaque débris fait l'objet d'une longue observation, jusqu'à ce que l'une des glaneuses pense pouvoir affirmer : « Oui, c'était à lui. J'en suis sûre. » Les chiens reniflent, excités par cette partie de chasse très singulière. Parfois, influencé par la fébrilité des humains qui l'entourent, quand ils croient avoir trouvé un indice important, l'un s'arrête, aboie, flaire avec application, puis, ne trouvant rien, reprend son pistage, indécis.

Un vague tracé commence néanmoins à se dessiner ; les fragments ramassés révèlent une direction. Les fouilleurs sont de plus en plus convaincus que les prisonniers ont fait tomber volontairement ces menus objets à l'insu de leurs ravisseurs pendant leur marche forcée dans la forêt, afin de semer des traces de leur passage dans l'espoir qu'elles seront découvertes par les leurs quand ils se lanceront à leur recherche. Il ne subsiste que peu de ces signes subreptices, mais assez pour donner un orient, aussi incertain soit-il.

Cet orient finit par se préciser, et se rapprocher. Un des chiens de la troupe, un labrador roux excellent renifleur, se met à tirer sur sa laisse, il avance à vitesse soutenue, le museau au ras du sol. Son comportement alerte aussitôt les chercheurs qui se regroupent derrière lui. Le labrador les conduit à vive allure à travers des fourrés. Ils débouchent dans une petite clairière baignée de lumière vert absinthe ; le jour amorce son déclin. Le long de la lisière, en face d'eux, ils remarquent une bande de terre en forme de vague rectangle, plus densément herbue que la terre alentour. L'herbe n'y est pas seulement plus drue, elle est aussi d'un vert plus tendre, presque amande, et par endroits, des fleurs ont poussé autour desquelles bombillent des abeilles. Des fleurs élancées, légères et ajourées, d'un magnifique bleu mauve rehaussé de violet. Le chien tire fortement sur sa laisse, mais son maître s'est arrêté, comme tous et toutes à ses côtés.

Ils se tiennent là, amassés, immobiles, le regard fixé sur la nappe d'herbe soyeuse éclaboussée de bleu vif. « C'est beau ! » s'exclame un petit garçon. Comme son cri d'admiration reste sans écho, il demande à sa mère en la tiraillant par la manche : « C'est quoi, ces fleurs ? » Quelqu'un répond : « Des centaurées. » À ce mot, une femme se détache du groupe, fait quelques pas en direction de cette beauté incongrue, recule, porte ses mains à son visage pour contenir le fou rire qui la prend. Son rire monte à l'aigu, d'un coup se casse. Ses mains retombent, elle court bras écartés vers la plate-bande comme un oiseau empêtré par des ailes trop grandes, elle se jette à genoux sur le sol et essaie de creuser la terre à doigts nus. Elle ahane, grogne d'effort, de fureur. On dirait un fox-terrier qui s'acharne à déloger un renard réfugié au fond de son trou. Shav accourt pour la relever, mais elle résiste, elle se démène, elle braille, tente de le mordre, il lui flanque une gifle qui la laisse bouchée bée, il la remet debout et l'enserre dans ses bras, puis doucement il la reconduit vers les autres. Harina est la cadette de ses brus. La Vieille se dirige à son tour vers le parterre de centaurées, mais d'un pas calme et régulier. Elle examine les fleurs, en cueille une en voie de se faner, et s'en retourne. Personne d'autre n'ose approcher du parterre. Une fleur suffit, une seule.

Ghirza se lève avant le jour, elle n'a pas trouvé le sommeil. Babel, lui, dort paisiblement. Elle n'allume qu'une petite lumière, fait sa toilette, brosse ses cheveux. Alors qu'elle s'apprête à les tordre en chignon, elle s'étonne d'avoir une si longue et lourde chevelure. Cette masse blanche dont elle a toujours pris soin tout en la dissimulant sous un turban la surprend soudain, et l'offusque presque, sans qu'elle sache pourquoi. Ses cheveux étaient d'un beau châtain clair autrefois, et souples. Qu'a-t-elle à faire de ce pelage laineux ? Elle va chercher une paire de ciseaux et procède à une coupe au carré, très court. Puis elle enroule et noue serré son turban, comme à l'habitude. Personne n'y verra rien. Elle entasse les cheveux dans une pochette en plastique qu'elle fourre dans la poubelle.

Elle ramasse la centaurée couchée sur la table, attache une ficelle à sa tige et la suspend à un crochet pour la laisser sécher. Dessous, elle pose un bocal en verre pour récupérer les graines lorsqu'elles tomberont, et les donner à Harina. Rendre un peu de ciel, d'air et de lumière aux yeux des morts.

Elle entend un cliquetis sur la tôle, Doudi vient d'arriver, elle sautille sur le toit, s'apprête à venir picoter la fenêtre. Babel se redresse sur sa couchette, colle son front à la vitre ; du bout des doigts, du bout du bec, lui et l'oiseau échangent leur salut familier du matin. Pendant qu'il déjeune, il observe Ghirza, quelque chose le trouble, le foulard, d'habitude gonflé comme un ballon autour de son crâne, semble amolli, flasque, tandis que les traits de son visage sont tendus, les lèvres dures. « Quoi tu as ? » Elle ne répond pas, elle écarte le bol de thé qu'il vient de boire, les miettes de pain répandues, et s'assied en face de lui. « À partir d'aujourd'hui, tu ne sortiras plus jamais seul dans le village, tu n'iras plus dans la forêt. Compris ? » Il secoue doucement la tête, en souriant vaguement ; il n'a pas compris. Elle lui répète ce qu'elle vient de lui dire, lentement, en détachant les mots. Il fixe sur elle un regard interrogateur, et malheureux. Elle sait que le priver de ses vagabondages lui sera difficile à supporter. Elle devance la question « pourquoi » qu'il s'apprête à lui poser, elle invente un danger survenu, des individus malfaisants qui rôdent dans les bois, et dans la foulée elle lui annonce que bientôt il va partir, quitter le village, s'en aller vivre ailleurs. La surprise du gamin monte d'un cran, elle vire à l'ahurissement. « Partir moi ? Aller où ? Avec toi ? » finit-il par demander. « Je ne sais pas encore où, mais ce sera sans moi. Yelnat t'accompagnera. Tout ira bien. – Yelnat et Baldo ? – Qui ça ?... Non, non, pas Baldo, enfin, peut-être plus tard... » Elle est plus que jamais déconcertée par cet adolescent infantile, aussi crédule qu'un gamin de trois ans. Elle est surtout prise de court par les évènements, et démunie devant eux, elle agit dans l'urgence, peut-être à tort. Mais dans le doute, elle choisit malgré tout de s'en tenir à la décision prise, radicale – l'envoi de Babel hors du village, loin, le plus loin possible, et sans retour. Il n'y a pas sa place, il ne l'aura jamais.

Alors qu'ils se tenaient prostrés au bord de la clairière, la vue fascinée par le pan d'herbe vert tilleul parsemé de centaurées, une femme a dit, se parlant à elle-même, d'une voix sourde et lente : « Ceux qui ont fait ça, c'est vivants qu'il faudrait les enterrer. Vivants. Leur faire bouffer la terre et que la terre les bouffe. » Dans le silence extrême qui enveloppait les gens, ces mots ont glissé comme un coulis d'air froid ; aux oreilles de certains, ils ont tinté avec un bruit de glaçon qui se brise, se sont fichés droit dans leur tête. Sur le chemin du retour, Yelnat a entendu Tomko siffler d'un ton aigre et résolu à son ami Saldas, qu'il y en a un, au moins, à qui faire avaler tout cru la terre en le balançant dans un trou, c'est ce merdeux de Babel. Il fouine sans cesse dans la forêt, il devait l'avoir vu, l'endroit, pourquoi il n'a rien dit ? Peut-être même qu'il savait depuis le début, ce faux-cul. Le trou refermé, ce sera ni vu ni connu. Et le plus tôt sera le mieux. Son copain a approuvé d'un hochement nerveux de la tête. Yelnat aurait pu intervenir, tenter de les convaincre de l'absurdité et de l'ignominie de leur projet, ou simplement les engueuler, il n'a rien fait, sachant que ce serait en vain. Ces jeunes flottent entre deux âges, celui de l'enfance à peine quittée, de la confiance et de l'insouciance trop brutalement perdues, et celui des adultes pas encore atteint, ils sont de petits hommes inachevés, manquant de connaissance, de recul, sans prise sur la complexité des choses, des sentiments, sans empathie, sans intelligence des nuances. Ils sont à l'étroit dans une vie environnée de morts, ils ne trouvent pas d'autre issue que d'en fabriquer un à leur tour, une victime à leur mesure, et qui soit étrangère à leur tribu, pour inverser le malheur, pour affirmer leur droit à vivre, pour prendre enfin pied dans l'âge adulte. Il leur faut un coupable, une proie, vite, en représailles, en expiation, en sortilège. Ils n'ont que faire du discours d'un épargné. Pire, ils se méfient certainement de lui aussi ; pourquoi ne se trouvait-il pas au village le jour de la rafle, lui seul ? Aurait-il été informé qu'une attaque allait avoir lieu ? Par qui, pourquoi ? Yelnat pressent que ces questions flottent dans l'esprit de certains et qu'elle risque de se répandre insidieusement comme un remugle de charogne, de s'incruster. Il a beau s'être battu avec les siens contre leurs ennemis communs quand la guerre s'est déclarée, cela ne suffit pas, il a aussi pris les armes autrefois dans un pays étranger dans les rangs de révolutionnaires au nom d'un idéal internationaliste que beaucoup ici jugent incompatible avec un vrai patriotisme.

Yelnat a prévenu la Vieille, elle l'a écouté sans broncher, assurée elle aussi qu'il serait très difficile de faire entendre raison à la petite meute des orphelins fous de douleur et de colère. La haine est entrée en eux, elle y couve à feu vif, et quand bien même elle déclinerait au fil des jours, elle ne s'éteindrait pas, elle serait comme ces graines séchées qui peuvent rester des mois, des années, voire des siècles en dormance dans l'attente de conditions climatiques favorables pour se réveiller, lancer des pousses. Ce qui l'étonne, c'est le souci que Yelnat manifeste pour Babel, il dit qu'il va organiser son départ, lui trouver des papiers, un point de chute à l'étranger, et qu'il l'accompagnera. Depuis son retour au village, il s'est toujours tenu à l'écart, abrupt avec les gens, surtout avec les enfants. Et soudain il se déclare prêt à protéger et à cornaquer un grand gosse attardé, qu'il connaît à peine. Ghirza demande juste : « Pourquoi fais-tu cela ? » En guise de réponse, il lui retourne sa question : « Et toi, pourquoi l'as-tu accueilli chez toi, et gardé tout ce temps ? » Elle n'en sait rien, et c'est sans importance, elle se fout des pourquoi ; elle constate les faits qui surviennent et se comporte en conséquence, au jour le jour. Elle vit au plus près du présent, ne se retourne pas, ne se projette pas davantage dans l'avenir. L'avenir ne l'intéresse plus du tout. Alors, que Yelnat propose de prendre son relais auprès du gamin menacé la déleste d'un poids, elle n'aura plus à se soucier de persévérer à vivre.

Babel ne s'est jamais déplacé en voiture, il ne connaît que la marche. Le seul bruit de moteur d'un véhicule qui roule, même à moyenne vitesse, suffit à le mettre en état d'alerte, il accélère instinctivement le pas, s'écarte le plus possible de la chaussée. Pourtant, après quelques semaines de réclusion dans la caravane, il lui faut monter dans un autocar, s'y asseoir, s'y laisser enfermer, et subir un long trajet. La présence de Yelnat à ses côtés le rassure, même si ce taiseux l'intimide, et bientôt le défilé du paysage dans le cadre de la fenêtre accapare toute son attention. Qui glisse ainsi – lui, immobile sur son siège, ou les champs, les talus, les arbres, les maisons, pris d'une curieuse mobilité horizontale ? Mais les cahots du car sur la route au revêtement abîmé, crevé de nids-de-poule parfois larges comme des nids d'aigle, le secouent à l'excès, son front cogne contre la vitre, et il a mal au cœur. Il ne dit rien, il s'efforce de tout contenir en lui – la peine de s'éloigner de la forêt, de quitter Ghirza, de ne plus voir Izra, d'être séparé de Doudi, l'incompréhension face à ces brusques changements, son malaise de se sentir captif dans cet habitacle embué, l'étonnement devant le paysage en mouvement, la nausée qui lui barbouille l'estomac. Tout cela se brasse dans sa tête, dans son ventre, comme du moût.

Les champs disparaissent, les forêts, les cours d'eau, et à mesure se profilent de grands rectangles gris terne, certains dressés, d'autres alignés en barres massives. La guerre est aussi passée par là, entre deux bâtiments restés debout, un immeuble éventré exhibe ses entrailles de briques, de ciment, de graviers, de ferraille, certains sont réduits à des éboulis de béton. Mais les rues sont animées, des gens vont et viennent le long des trottoirs en un flux continu. Babel n'a jamais vu autant de personnes à la fois, et toutes en mouvement, il a l'impression de découvrir un réseau de fourmilières géantes. Bientôt il entre à son tour dans la foule. Le car est arrivé à son terminus, derrière la gare centrale, il largue ses passagers sur un parking grouillant de monde. Babel serre Yelnat au plus près, la bousculade, le brouhaha l'étourdissent. Ils entrent dans la gare, le voyage doit se poursuivre en train. À nouveau il assiste au long glissement de la terre et du ciel, il éprouve une sensation de fluidité, d'évanescence. On l'a déraciné, et dans la foulée tout file, fuit, s'estompe. Par instants il tâte ses genoux, ses épaules, son visage, pour s'assurer que son corps n'est pas atteint par ce phénomène d'effacement. Il tapote aussi discrètement la vitre, dans l'espoir de voir apparaître la corneille, mais c'est la pluie qui vient cingler les carreaux sales, puis la nuit les noircit. Il finit par s'endormir, cœur et ventre toujours brouillés de tristesse et d'anxiété.

Ce n'est plus un paysage qui se déroule devant ses yeux, mais un cortège d'images hétéroclites qui déferle sous ses paupières. Il voit passer à la queue leu leu et en désordre des personnes familières et des inconnues, des arbres, des animaux, des plantes, des objets. Tous sont violemment bariolés, et les couleurs débordent des figures, des corps, des volumes, elles sont des taches mouvantes de tailles diverses qui se juxtaposent puis se déplacent, s'espacent et s'accolent à d'autres. Un pan de violet barre la moitié du visage de Ghirza, des touches de jaune, de noir et d'orangé colorent l'autre moitié, du rose et de l'ocre éclaboussent un hêtre indigo, un chien cavale, maculé de rouge et de vert, les seins d'Izra sont gonflés de bistre et de bleu lavande, des fleurs blanches virent d'un coup au cramoisi, des flaques tilleul, safran, grenat luisent sur la façade d'une maison, une corneille bat du mauve et du pourpre à coups d'ailes, une chèvre passe du roux au violine par petits bonds… Ce cortège n'émet aucun son, pourtant il chemine à vive allure et la plupart de ses membres gesticulent avec énergie ; ce sont les couleurs qui bruitent, à leur façon. Lui, debout sur le bord de la ligne sinueuse où se déroule cette procession, apostrophe les gens et les bêtes qu'il reconnaît, tend vers eux ses bras, il voudrait les arrêter, leur demander des nouvelles, d'eux et de lui-même, mais il ne bouge pas, son corps est pétrifié, sa voix éteinte, personne ne le remarque. Si, il y a une bête, là, un cervidé gracile, biche ou daine, qui se met à l'arrêt, lève son museau, narines dilatées, hume l'air, aux aguets. Ses oreilles veloutées, teintes d'ambre et d'écarlate, sont haut dressées. « Moi ici ! Moi ici… ! » crie Babel à son adresse, et il s'élance vers elle.

Cette fois, il a bel et bien crié, il se réveille en sursaut, tout essoufflé. Les passagers râlent, eux aussi dormaient, ou du moins essayaient. Yelnat lui secoue l'épaule. « Mais oui, tu es là, inutile de brailler. Et inutile aussi de te rendormir, on descend bientôt. » Babel cligne des yeux dans la demi-obscurité grisâtre du compartiment saturé de relents de tabac, d'haleines moites, de vêtements usagés. Le jour se lève à peine, blême derrière la vitre embuée. Il ne sait plus où il est, il a basculé trop brutalement d'une profusion de couleurs, de brillance, dans un trop-plein de grisaille, il a l'impression que sa vue a chuté d'un coup. Et surtout, il ne comprend pas ce qui vient d'avoir lieu, il n'avait encore jamais rêvé, du moins jamais gardé mémoire de ses rêves. Ce qu'il a vu l'instant d'avant lui semble plus réel, plus concret que ce qu'il voit maintenant. Parmi le cortège bigarré, il a reconnu plusieurs êtres qu'il aime, alors que des gens qui l'entourent, il ignore tout, et il les sent indifférents, sinon inamicaux. Mais la révélation de ce surprenant espace de vision qu'est le rêve lui donne une joie plus forte que le désarroi où le plonge ce périple interminable sous la conduite de Yelnat, lequel fume plus qu'il ne parle, et le traite davantage comme un colis à transporter que comme un compagnon de voyage. Peut-être, se dit Babel dans la secrète euphorie de sa découverte, Yelnat est-il un bonhomme maussade pendant le jour, qui se transforme la nuit en clown Baldo, aussi coloré que les visiteurs de ses rêves. La veille, le rêve, il ne les oppose pas, ils sont pour lui l'endroit et l'envers d'une même et unique réalité, le recto et le verso du temps, et le plus beau, le plus vif, se joue au revers.

Pour l'heure, il se retrouve du côté rugueux, en plein recto. Il doit à nouveau plonger dans une masse de gens pressés, subir des heurts et des piétinements, être assourdi par le vacarme des voix, des locomotives, des sifflets et des souffleries, des escalators, des annonces lancées par haut-parleurs ; vacarme entre clameur et bourdonnement qu'amplifie l'immense verrière du hall. Ghirza l'a habitué à une hygiène stricte, et il souffre de ne pouvoir se laver depuis deux jours. Quand enfin Yelnat le conduit au relais toilettes et douches, il se frotte avec énergie, il voudrait exprimer de son corps toute la crasse déposée sur lui et celle sécrétée par sa peau – mais surtout pas les couleurs flottantes qui l'ont ébloui en rêve, il ne sait pas d'où elles proviennent, de quoi elles sont faites, et il observe attentivement l'eau de rinçage qui ruisselle à ses pieds pour s'assurer qu'il ne s'est pas détrempé au-dedans.

Le voyage se poursuit, un autre train encore, de nouveaux paysages, des passagers différents par leur allure, leur gestuelle, des particularités vestimentaires, et par la langue. Babel remarque que celle dont il a appris des rudiments n'a plus cours, il ne comprend rien à ce qui se dit autour de lui, il écoute avec le même mélange d'étonnement et de curiosité que lorsqu'il se trouvait parmi les étrangers venus au village. Yelnat, lui, semble à l'aise avec ce ramage, il répond à ceux qui lui adressent la parole, pose parfois des questions, discute un moment avec les hommes en uniforme qui lui ont demandé des papiers et qui posent sur le garçon assis à ses côtés des regards scrutateurs. C'est la quatrième frontière qu'ils traversent depuis leur départ, mais pour Babel le scénario du contrôle, assez semblable à chaque fois, reste surprenant, et il n'en saisit toujours pas le sens, ni l'intérêt. Les seules démarcations qu'il connaisse sont celles qui serpentent entre le ciel et la terre, un cours d'eau et ses berges, la forêt et ses lisières, et celles, plus incertaines encore, qui se faufilent entre le jour et la nuit, entre hier et aujourd'hui, entre les mots et ce qu'ils nomment ; et enfin celle, qu'il vient de découvrir, entre la veille et le rêve. Mais ces lignes-là n'instaurent pas de véritable séparation, elles sont souples, poreuses, et personne ne les surveille.

L'homme qui les attend sur le quai de gare a à peu près le même âge que Yelnat, mais ses cheveux sont blancs, coiffés en arrière avec une raie tracée bien droit sur un côté, des traits fins, des paupières légèrement bombées, le teint pâle. Il n'a presque pas de rides. Yelnat, lui, a gardé une chevelure châtain-roux, drue et toujours ébouriffée, mais son visage est marqué de rides profondes et de tavelures bistre. Les deux hommes se serrent longuement la main tout en se dévisageant en silence, puis ils s'étreignent un instant, se séparent, se plantent à nouveau l'un face à l'autre, et éclatent de rire. Ils ne se sont pas revus depuis tant d'années, chacun sent dans le regard de l'autre combien il a changé, vieilli. Yelnat se tourne vers le garçon, dit quelque chose à son sujet. L'homme lui tend la main, mais Babel reste en retrait, les bras pendants. Est-ce Baldo, ou est-ce encore un gardien de frontière qui va leur réclamer des papiers ? Yelnat reprend la parole, l'autre hoche la tête tout en examinant le garçon engourdi, il lui donne une petite tape sur l'épaule, se penche vers lui et articule un mot dont il détache bien les deux syllabes, « Clo-vis », en se désignant lui-même. Babel est déçu, ce n'est donc pas Baldo, mais aussi soulagé, ce n'est pas un douanier. Pour signifier qu'il a compris, il répète le nom en deux temps et en accentue la finale : « Clo visss. »

Le dernier trajet se fait en voiture. Ils quittent la ville, roulent dans la campagne. Babel, assis seul sur la banquette arrière, est sur ses gardes. Les deux hommes à l'avant discutent avec entrain, le conducteur d'une voix fluide, son passager d'une voix plus hésitante, et rocailleuse. Babel s'étonne de découvrir Yelnat aussi loquace, il ne l'a jusqu'à présent connu que taciturne, presque mutique. Il se peut qu'il n'arrive à bien s'exprimer que dans cette langue aux sonorités si différentes de celle parlée dans leur village. Cette supposition le réconforte, il en sera peut-être ainsi pour lui également.

La voiture s'engage dans une allée bordée de platanes élagués, plantés à distance régulière. Des centenaires qui dressent leurs branches en équerre comme des bras de lutteurs aux coudes renflés et aux poings énormes hérissés de bourgeons. Au bout de l'allée, une bâtisse trapue, crépie de blanc cassé ; sa façade est ouverte de tant de fenêtres qu'elle ressemble à un grand damier ivoire et gris pâle où glissent des traits d'ombre et de lumière. Longtemps ce lieu a été hôtelier, d'abord traditionnel, ouvert à tout public, puis il s'est fait confidentiel, réservé à une clientèle qui venait y chercher des voluptés clandestines, après quoi il est redevenu classique, mais marqué tout de même d'une singularité, le nouveau propriétaire ayant placé son établissement sous le signe du livre. *Bibliotel.* Il avait donné au rez-de-chaussée et aux étages le nom de « tomes », aux chambres celui de « chapitres », les couloirs s'appelaient « marges », les portes « pages de garde », les lits « in-folio », les draps et les taies d'oreillers « buvards », car selon lui s'y imprégnaient les rêves, les gémissements, les souffles et les humeurs des corps des dormeurs. Aux miroirs qui ornaient les murs des chambres en abondance, revenait le titre de « palimpsestes », les reflets de tous ceux et celles qui s'y étaient un instant profilés se recouvrant les uns les autres en strates impalpables. Les fenêtres étaient qualifiées de « pupitres », le jour y déposant des feuillets de lumière, la pluie des signes follets, le brouillard des touffes d'ombre, la nuit un volume noir. Le patron de ce livre-hôtel passait la plupart de son temps posté soit devant un palimpseste, soit derrière un pupitre, le regard flottant sur leur surface nue, dans le vague espoir d'y voir affleurer les traces de quelque texte écrit à l'encre sympathique. Des bribes du poème qu'il rêvait de composer – un poème de la longueur, de la puissance, de la splendeur d'un fleuve, une geste ardente comme une coulée de lave, un déferlement de soleil. Ainsi rêvant au bord du vide, il avait lentement conduit son livre-hôtel à la faillite, sans avoir trouvé le premier mot de son chef-d'œuvre, et il avait fini par sombrer dans un état de dépression profonde. Le *Bibliotel* n'est plus désormais qu'une coque creuse dans laquelle il s'est enfermé.

Ce double failli frappé de mélancolie est le frère de Clovis, son faux jumeau ; l'hôtelier précédent était leur père, et avant, leurs deux parents. Des frères aussi différents l'un de l'autre qu'ils le sont de leur père, libertin d'esprit et de mœurs qui avait converti son veuvage, survenu quand ses fils avaient onze ans, en avidité de vivre, et qui avait conduit de front, avec une égale réussite, ses convictions politiques, ses affaires, ses désirs et ses plaisirs. Pour mener à bien ce programme, il avait mis ses demi-orphelins en pension. Si ce long séjour en internat a forgé chez l'un un solide esprit de révolte, il a développé chez l'autre un penchant excessif pour la rêverie. Sitôt sorti du pensionnat, Clovis a articulé liberté et politique, politique et action, action et lutte armée, tandis que Rufus a identifié liberté, solitude et poésie. Tous deux ont échoué, mais l'un, au moins, aura essayé, il s'est engagé dans une guerre de libération, s'est colleté à la réalité, l'autre est resté sur le seuil de son idéal, et de sa vie, pensif et indécis, passionné rongé d'impuissance. L'aventurier a eu la vie sauve, le pusillanime s'est consumé sur place.

Quand Clovis est rentré dans son pays, il a retrouvé la maison à l'abandon, et son frère dans une clinique. Il a pensé repartir, ailleurs, n'importe où, liquider la propriété décatie, son passé révolu. Il est resté, il a vendu presque tous les meubles, la vaisselle, le matériel de cuisine et les machines du local de lessive, la literie, les beaux lustres, les objets de décoration, dont les grands miroirs aux cadres de bois doré et ouvragés, pour rembourser les dettes accumulées par son frère. Les « chapitres » sont désormais démeublés, il ne reste que les glaces fixées aux plafonds et quelques miroirs encastrés, palimpsestes ternis, mouchetés de taches brunes, reflétant vaguement les lattes des planchers nus, des pans de murs cloqués, des rais de soleil ou de lune piquetés de poussière en suspens. Seuls demeurent les « pupitres » aux carreaux encrassés, certains fêlés. Et il a sorti son frère de la clinique pour le réinstaller chez lui, non dans une des chambres à l'étage mais dans le petit salon en demi-cercle situé au rez-de-chaussée côté jardin. Rufus s'y tient prostré la plupart du temps, assis dans un fauteuil tourné vers la baie vitrée ; tôt le matin et en fin de journée, il va arpenter à grands pas le jardin, il déambule en zigzag, scandant sa marche de pauses soudaines comme s'il était sur le point de trouver une idée, un souvenir, un vers longtemps cherché, une réponse à une question qui le taraude, mais rien n'advient et il se remet en mouvement. Pour lui-même, Clovis a aménagé l'ancienne salle à manger. Il n'a pas fait ériger de cloisons pour la compartimenter, il a juste déplié des paravents en tôle métallique gris foncé, certains à six panneaux, d'autres à dix, qui serpentent dans l'espace, isolant là un coin chambre, là un angle bureau, là un petit salon. Ces différents lieux sont modulables à loisir, il peut en supprimer ou en ajouter un selon les besoins.

La maison impressionne Babel ; elle est spacieuse, elle tient debout, elle est entière. Il ne remarque pas son délabrement, seulement sa monumentalité. Il n'a pas encore vu les pièces de l'étage, ni la demi-rotonde où se terre Rufus, dont il ignore d'ailleurs l'existence. Clovis restreint la visite pour ce premier soir, et attend d'être seul avec Yelnat pour discuter librement. Il propose à manger au garçon, et sitôt son repas terminé, il le conduit dans la chambre qu'il a improvisée pour lui dans l'ancienne buanderie. Le sol carrelé de carreaux verts et blancs porte le long des murs la trace des machines à laver, des cuves de trempage et de stockage du linge, des armoires et du chariot de manutention qui remplissaient l'espace. Il ne reste qu'une longue table à repasser bancale et quelques étagères. Clovis a installé dans un angle un divan, une chaise, une caisse en bois retournée en guise de table de chevet.

Est-ce la fin du voyage ? se demande Babel en posant son sac au pied du divan. Il ne sait même pas où il est, qui est cet homme qui les reçoit, pourquoi Yelnat l'a entraîné en ce lieu. À nouveau, il éprouve un sentiment d'égarement, de solitude et d'insécurité. La pièce est large, et presque vide, mais il s'y sent plus enfermé que dans l'étroite caravane de Ghirza encombrée de fouillis. Pour toute fenêtre, il n'y a qu'une lucarne ovale située en hauteur, il faut monter sur la chaise pour l'atteindre. Il s'y hisse, essuie la poussière qui encrasse la vitre et découvre le jardin qui s'étend à l'arrière de la bâtisse. Il est tout en longueur, bordé sur un côté d'arbustes et de plantes enchevêtrées à des palissades aux planches infléchies, sur l'autre par un haut mur de pierre. Au fond, il aperçoit une maisonnette en bois. À cette vue, Babel reprend un peu confiance. Mais dans le même instant, la pensée de Doudi lui revient en force et son absence lui fait l'effet d'une morsure. La compagnie de la corneille, et celle des bêtes qu'il croisait, parfois côtoyait dans la forêt, lui manquent d'un coup terriblement. Jamais, auprès d'elles, il n'a connu l'angoisse, la méfiance, la déception ou la solitude, si l'une est hostile, agressive, la menace est manifeste, si l'une se laisse approcher, amadouer, son innocuité est réelle, elles ne feignent pas, ne trichent pas. Jamais surtout il n'a souffert de ne pas partager à égalité leurs langages faits de sons, de chants, de cris, ce qu'il en entendait et en devinait lui suffisait. Avec les humains, rien de tel, tout est toujours compliqué, équivoque, et souvent inquiétant.

Du salon lui parvient un sourd bourdonnement ponctué d'éclats de rire. Il aurait aimé rester avec les deux hommes, les écouter, même s'il ne comprend rien à leurs bavardages, mais ils l'ont éloigné, isolé dans cette pièce débarras. Il en allait pareillement au village, on le tenait presque toujours à l'écart. Il se sent aussi insignifiant que son sac de voyage ; on le trimballe, on le dépose ici ou là, on le pousse dans un coin pour qu'il n'encombre pas l'espace, on l'oublie. On s'en fout, il ne compte pour personne puisqu'il n'a rien à dire, il sait si peu, si mal parler. En entendant les voix de Yelnat et de Clovis qui par instants s'esclaffent, il prend conscience qu'il n'a jamais eu l'opportunité de rire de la sorte, à pleine gorge et pleine joie, longuement, avec d'autres. La seule fois où il a vraiment ri, c'est devant le spectacle des clowns chez Toula, mais personne ne prenait part à son amusement. L'unique expérience qui lui a été donnée, c'est celle des larmes, avec leur goût de sel et de fer mêlé de morve, avec leur brûlure et leur écœurante douceur. Il se demande quel goût peut bien avoir un grand fou rire partagé à plusieurs.

Le problème n'est pas que le monde ne tourne pas rond, déclare Clovis, il ne l'a jamais fait et ne le fera jamais, mais plutôt qu'il s'acharne, précisément, à tourner en rond, en vrille folle sur lui-même, toupie ventrue gavée de sang et de fureur, ivre de ses propres cris et vrombissements, siècle après siècle, continûment. Chaque révolution est une tentative pour arrêter cette rotation forcenée, faire dévier le mouvement, orienter l'Histoire autrement, mais la pesanteur est telle que la toupie reprend son increvable giration et à mesure elle broie les espoirs, les promesses, les inédits de justice, les élans de liberté apportés par ces soulèvements. Parfois, des résidus infusent un peu de leur énergie dans la masse broyeuse, ouvrant de minces brèches dans la compacité un instant ébranlée, le travail consiste alors à sauvegarder ces ébréchures, à entretenir le feu encore subsistant dans les scories. Il ne suffit pas de renverser une dictature, qu'elle soit monarchique ou aristocratique, militaire, théocratique ou prolétarienne, trop souvent l'une s'empresse de remplacer l'autre à peine tombée, victimes et bourreaux échangent leurs rôles ; il faut veiller à affermir et préserver la démocratie instaurée. Il ne suffit pas encore d'établir une démocratie, l'esprit bourgeois, avide de profits, de bien-être, de sécurité, menace très vite de tout affadir, de tout vicier. Parasitisme et prédation exercent leur nuisance tant de l'extérieur que de l'intérieur, ils s'accommodent aussi bien de la violence la plus spectaculaire que de la corrosion la plus sournoise.

Rentré dans son pays, revenu même à la case départ dans la maison familiale, inapte désormais à la lutte armée, Clovis n'a pas abdiqué pour autant sa révolte et ses idéaux, il les vit sur un mode mineur, sans péril ni exaltation désormais, mais avec constance. Le jour, il est comptable dans une entreprise de la région, il enregistre des opérations commerciales et aligne des chiffres dans de grands registres, le soir, il est comptable de ses réflexions et humeurs qu'il consigne dans des cahiers à spirale et agrémente de caricatures raillant les faits politiques du moment. Ces cahiers sont ses chantiers, il y puise les idées qu'il retravaille ensuite pour écrire des articles illustrés de dessins burlesques qu'il envoie à une revue intitulée *Insoumission*, vendue par abonnement à une poignée de lecteurs. Et il y a Rufus, ce frère naufragé qui nécessite son aide autant que les peuples asservis ; un soutien au quotidien, celui-là, accompli en sourdine et sans grand espoir de lendemains radieux.

Yelnat parcourt quelques numéros d'*Insoumission*, il rit devant certaines caricatures, survole les articles et jette les revues à mesure sur le sol ; des feuilles mortes qui tombent dans un infime froissis. Lui non plus ne s'est pas renié et ne s'accommode toujours pas de ce monde qui toupille à l'aveugle, où les cyniques, les violents, les salauds de tout poil l'emportent arrogamment, mais les grandes théories et les discours enflammés, même assaisonnés de drôleries et de dessins vachards, l'assomment. Il en a lu et écouté à foison à une époque, il a débattu d'abondance avec Clovis et d'autres camarades, il a fini par s'engager dans l'un des foyers de lutte ouverts à des milliers de kilomètres du pays où il résidait, y a brûlé quelques années de sa vie, dont certaines en prison. Du combat, il a connu le recto héroïque et le verso crasseux, l'exaltation et l'abattement, le pouvoir et l'échec. Il a constaté, chez d'autres et en lui-même, que l'indignation et la révolte face à l'injustice, le souci fraternel pour les victimes, peuvent s'exacerber jusqu'à pousser le combattant à des comportements extrêmes où la justice se durcit et devient impitoyable, où la compassion pour les uns se double d'une dureté implacable à l'égard des adversaires, où torturer se fait sournoisement justifiable, et tuer légitime. Il s'est trouvé des deux côtés. De ce parcours à feu et à sang, il est sorti éreinté de fatigue idéologique. Il est rentré se mettre au vert dans son pays, sans parvenir à y reprendre racine, et puis le vert un jour a viré au noir, à l'acide, et il lui a fallu se battre à nouveau, cette fois contre ses voisins d'hier qu'il croyait être des proches, ses semblables, mais non, la bonne entente semble lassante, sinon honteuse, à ceux qui ont envie d'en découdre, par ennui, par vieille rancœur nationaliste, par orgueil identitaire ou fanatisme religieux, par bêtise, par tout ça à la fois finalement. La guerre, il avait appris à la faire, ça ne s'oublie pas, alors il a mis ses connaissances et son énergie restante au service des siens – de ceux et celles que les autres, bien décidés à affirmer leur différence, lui désignaient comme tels. Mais les siens à leur tour lui ont retiré leur confiance et leur sympathie, comme au gamin à l'origine douteuse qui, lui, ne les a même jamais vraiment reçues, et il s'est senti *déplacé* dans son propre village amputé de ses adolescents, de ses hommes jeunes et de ceux de sa génération, isolé et en confus danger au milieu de cette population bancale, hagarde de deuil, de douleur et de ressentiment. Partir lui a semblé la seule issue, et le souvenir de Clovis, son complice et ami d'autrefois, son plus fraternel contemporain qu'il avait perdu de vue, s'est alors imposé, et faire appel à lui a été une évidence. Mais l'ironie, c'est qu'il arrive flanqué d'un garçon indéfini en tout, provenance, nom et âge exact, dont lui-même ne sait rien ou presque et dont il n'a au fond que faire, un idiot bredouilleur, chez quelqu'un en charge d'un grand mélancolique en perte de langage. Moins par moins donne plus, se contente de dire Clovis, aussi incertain que Yelnat quant à leurs avenirs respectifs, et il ajoute d'un ton railleur qu'à défaut d'avoir réussi à libérer des peuples, ils peuvent essayer d'assurer la sauvegarde de ces deux égarés.

Babel se réveille de bonne heure, comme il l'a toujours fait. Mais il lui faut un temps d'adaptation, le lieu où il se trouve lui est étranger, et le silence qui règne le surprend. Il a rêvé à nouveau, mais cette fois sans images, sans couleurs, seulement des sons, des voix d'humains et d'animaux, des rires, des bruits de pas, des crissements de pneus, des sifflements de trains, d'autres d'oiseaux, des claquements de fusils, des frissonnements de feuillages. Un rêve sonore. Il a entendu les cris de la corneille à plusieurs reprises. Une fois encore, la nuit se révèle plus chaleureuse que le jour, plus habitée.

Il se lève et va jeter un coup d'œil par le fenestron. Dans la clarté brumeuse du petit jour il aperçoit une silhouette. Un homme vêtu d'un manteau non boutonné qui lui bat les mollets arpente à pas lents le jardin. Il s'arrête par instants, esquisse un geste de la main ou renverse la tête en arrière comme pour inspecter le ciel, puis reprend sa déambulation. Babel saute de la chaise, s'habille en hâte et sort de la chambre. Il passe devant la pièce labyrinthe, pousse la porte entr'ouverte. Une odeur âcre, un peu poisseuse, imprègne l'espace. Les deux hommes dorment comme des souches, Yelnat affalé dans un fauteuil, Clovis allongé tout raide sur le tapis au milieu d'un fatras de livres et de papiers ; entre eux, une table basse jonchée de bouteilles, de restes de nourriture, de mégots écrasés dans des soucoupes. Babel referme la porte, il se rend dans la cuisine, mange un morceau de pain, une pomme, puis il cherche l'accès au jardin. Dehors il fait frais, l'air sent la terre humide, l'écorce de résineux, il porte des relents de fumées échappées de cheminées, doux et piquants comme de l'encens. Babel renifle, aspire à pleins poumons, et soudain il reste la bouche ouverte, emplie de fraîcheur et de senteurs poivrées – la silhouette se tient pile devant lui. L'autre aussi est surpris, mais il ne bâille pas comme une tanche jetée sur la rive, il regarde juste le garçon avec étonnement. Babel se ressaisit, il referme la bouche et déglutit tout sec sa boule d'air et d'odeurs, il avale de travers et se met à tousser. Et c'est les yeux mouillés de larmes dues à son bref étouffement, la voix faussée, qu'il demande : « Baldo ? » L'autre hausse les épaules en signe d'incompréhension et ébauche un furtif sourire. Ce garçon aux cheveux de paille et aux longs cils blancs humectés de larmes, surgi de nulle part dans son domaine – son enclos de protection contre le monde –, le déconcerte sans l'effaroucher. Ils restent face à face immobiles et muets ; leurs traits sont inexpressifs, leurs corps atones, seuls leurs yeux sont mobiles, brillants, interrogateurs. Ils se flairent du regard, ils s'inspectent droit dans les yeux sans ciller, sans embarras, leur curiosité a l'effronterie placide de la candeur. Ils ne décèlent rien qui puisse les mettre en garde, pas de danger embusqué dans un recoin mental du vis-à-vis, ils ne sentent l'un chez l'autre que du vide en émoi, que du rêve en alarme, que des murmures en attente d'un lever d'élocution. Rufus finit par émettre un long soupir, auquel Babel répond par une expiration semblable. Un soupir qui traverse le silence déposé en chacun d'eux, comme un rai de soleil se glissant par la fente d'une persienne transperce la pénombre d'une chambre, et la fait frissonner. Un soupir qui s'achève en sourire.

C'est le *la* donné à leur rencontre.

Tard dans la matinée, Clovis et Yelnat émergent de leur torpeur. Ils se lèvent avec difficulté, les membres ankylosés, les yeux bouffis et la bouche empâtée. Yelnat a la tête penchée d'un côté, bloquée par un torticolis, Clovis se tient tout de guingois, coincé par un lumbago. En se voyant si moches et ridicules, il leur vient une bouffée de rire moqueur qui s'étrangle aussitôt dans leur gorge sèche et se transforme en geignements de douleur. Chacun se laisse retomber dans un fauteuil en râlant à mi-voix. Des bruits inhabituels proviennent de l'étage, comme si quelqu'un marchait là-haut à pas furtifs. Sur le coup, Clovis met ces légers craquements sur le compte des vieux planchers, peut-être aussi que des souris ou autres bestioles ont élu domicile dans les chambres à l'abandon, mais dans l'état de gueule de bois très avancé où il se trouve, il suspecte les os de son crâne d'être en train de se disloquer, le moindre bruit lui est une douleur. Il doit en aller de même pour Yelnat car celui-ci lui demande d'un ton enroué s'il loge des rats ou des fantômes dans ses foutus « chapitres », il a la sensation d'être dans la soute d'un navire à la casse.

Ils vont se passer la tête sous l'eau froide et s'enturbannent d'un torchon mouillé, puis ils montent à l'étage pour inspecter le couloir et les pièces, armés l'un d'un balai, l'autre d'un seau, au cas où ils trouveraient un rat ou toute autre bête indésirable qu'il faudrait capturer et foutre dehors. À la troisième porte qu'ils poussent, ils découvrent Rufus et Babel debout devant une fenêtre, occupés à tracer des lettres dans la crasse des carreaux. A AAAA E EEEE I I III O OOO… Babel s'applique à bien recopier chaque lettre du bout de son index et à en reproduire le son que lui vocalise Rufus. Ils chantonnent les voyelles dans un nimbe de poussière avec un sérieux de chantres en répétition. L'irruption des deux épouvantails déglingués, l'un la tête à l'oblique, l'autre le dos en équerre, coiffés d'un chiffon qui leur dégouline sur le visage et les épaules, interrompt leur séance. Ils se regardent un moment tous les quatre avec ahurissement, et soudain Babel éclate d'un rire énorme, comme s'il brassait toutes les voyelles et en faisait retentir le timbre à l'excès. Son fou rire se communique à Rufus, mais pas aux deux autres qui sont de plus en plus consternés et qui surtout supportent mal un tel vacarme ; ils flanquent là leur seau et leur balai et redescendent au plus vite. « Que moins par moins donne plus, d'accord, finit par dire Clovis, c'est une règle algébrique, mais que mélancolique plus simplet donne complicité hilare, ça, je ne comprends pas. C'est pas mathématique ! – Qu'est-ce que t'en sais ? Les mathématiques, ça évolue, c'est plein de surprises, ça peut même bouleverser nos représentations du monde. » Et, sans transition, il demande : « Au fait, c'est qui, Zonka ? »

Un matin, elle est là, tache noire à reflets bleutés qui se déplace sur la pelouse par petits sauts ponctués d'arrêts. Elle semble inspecter les lieux, tournant la tête à droite à gauche, parfois la levant haut, parfois la pointant vers le sol. Elle n'est pas seule dans le jardin, ses congénères y sont nombreux, l'endroit est calme, plantes et buissons y poussent en liberté. Elle est unique, Babel la reconnaît d'emblée, il est tellement surpris qu'il reste un instant figé sur place, sans voix. Doudi aussi le reconnaît, mais elle ne manifeste aucune émotion particulière, elle lance juste quelques cris rugueux en arpège ascendant, puis vient se poser sur son épaule comme si de rien n'était, qu'ils s'étaient séparés la veille. Tandis qu'elle émet de brefs croassements en sourdine tout près de son oreille, Babel a l'impression de recevoir des nouvelles du village qu'il a quitté il y a déjà plusieurs mois ; du village, et des bois alentour. De troublantes nouvelles, à la fois denses et lacunaires, qui le ramènent en bloc dans le giron de la caravane auprès de

Ghirzal, parmi les femmes odorantes dont les voix l'enchantaient, et au cœur de la forêt plus odorante encore, parcourue de bruits multiples, cette forêt où il a connu des heures de joie nue et de gloire solitaire quand il s'y cachait, que nul ne le voyait, ne savait où il était. Mais en amont, ou de dessous ces rappels heureux, il sent frémir d'autres souvenirs, très confus ceux-là, tout encroûtés d'oubli et néanmoins puissants ; des réminiscences de faim, de peur, de fuite. Il ne s'agit pas des brutalités et humiliations commises par Tomko et sa bande, ce souvenir-là, il l'écarte résolument tant il lui est odieux, mais d'autre chose, d'un effroi plus ancien, plus obscur. Et pour la première fois, l'énorme part d'inconnu qui grève sa mémoire le stupéfie. Il ignore tout de lui-même, voilà seulement qu'il en prend conscience. Il tourne son visage vers la corneille toujours juchée sur son épaule, comme pour l'interroger, elle se contente d'ouvrir grand son bec, de crachoter un râle sec, et elle s'envole pour aller folâtrer dans les airs. Sur le pull de Babel, elle a laissé sa signature, une fine strie de fiente blanche. Ce paraphe, elle l'apposera souvent sur le dos de son compagnon, au cours de la vingtaine d'années qu'elle aura à vivre et que pour la plupart elle passera dans son voisinage.

Le retour de l'oiseau provoque un grand bousculement en Babel, le subit flux d'euphorie que fait monter en lui cette retrouvaille inattendue se double d'un fort reflux souterrain qui lui dévoile l'étendue de ses manques, de son vide. Il se sent d'autant plus ébranlé qu'il commençait à s'habituer à sa nouvelle existence dans la maison des deux frères, à se familiariser avec leur langue qu'il apprend beaucoup plus aisément que celle du pays précédent. C'est surtout auprès de Rufus qu'il poursuit son apprentissage, le mélancolique retrouve devant ce garçon presque vierge de langage le désir de revenir aux mots, il les redécouvre à mesure qu'il les lui enseigne, comme il redécouvre la saveur de la parole, mais lentement encore, par bribes, à fleur de soupir souvent. En fait, c'est lui-même qu'il instruit, comme si l'enfant égaré au fond de lui, empêtré dans la peur, le silence, avait pris corps dans celui de Babel, lui faisait face. Le gamin aux longs cils translucides, au sourire timide toujours attardé sur son visage même lorsqu'il est triste, au regard limpide qu'un rien suffit à affoler, est une apostrophe muette, et pressante, qui s'adresse à lui, l'invite en douceur à se remettre au monde. Il n'est pas une lettre, un mot, une phrase qu'il apprend à Babel qui ne soit aussi pour lui-même une réappropriation. Clovis a deviné quelle secrète transsubstantiation était en train de s'opérer entre Rufus et le gamin, c'est pourquoi il a accepté de garder celui-ci chez lui quand Yelnat est parti. Loin d'être une charge supplémentaire, Babel apporte un allègement, un regain de vie dans la maison, un grain de fantaisie.

Babel et son ingénuité désarmante, ses éclats de rire franc, sa gourmandise d'apprendre à lire, parler, écrire, sa vivacité, qui peut se montrer impétueuse, scandée de longues pauses d'indolence, de rêverie. Babel et ses questions parfois saugrenues, ses étonnements devant des choses, des faits, pourtant très ordinaires, ses intuitions très fines, sa surprenante capacité d'empathie avec les gens autant qu'avec les animaux, jusqu'aux arbres et aux plantes. Babel et sa corneille aux humeurs imprévisibles, qui entre à sa guise dans les pièces, se perche où bon lui semble, craille sur tous les tons, s'amuse avec tout petit objet qu'elle peut faire rouler sur le carrelage de la cuisine ou le plancher du salon en le poussant avec son bec. Elle est curieuse de tout, joueuse et insolente, farouchement indépendante. Elle part sans prévenir, s'absente pour des durées variables, revient de même.

Indépendant et erratique, Yelnat l'est pareillement. Dès le surlendemain de son arrivée chez Clovis, il s'est mis en quête d'un travail. Il ne pouvait pas rester à ne rien faire, et surtout ne voulait pas vivre dans la maison d'un autre, fût-ce celle d'un ami. Pour une lutte qu'il avait choisi de mener au nom d'un idéal politique, de justice et de liberté, il avait autrefois tout quitté. À cause d'une guerre qu'il n'a pas choisie, éclatée comme un chancre purulent dans son pays retrouvé, au nom de rancœurs indurées mêlant réalité et mythes, de vieilles haines exacerbées par des flambées d'orgueil nationaliste, il a dû à nouveau tout abandonner. Mais cette fois, il est plus vieux, il est usé. Il n'a plus d'idéal, plus de patrie, pas de famille, pas d'amante, et son talent de clown musicien s'est dissous depuis longtemps ; le seul vrai talent qu'il ait jamais eu.

Il a fini par trouver un emploi qui convient parfaitement à son état d'esprit, chauffeur routier dans une agence d'intérim qui l'envoie sillonner les routes d'Europe pour livrer des marchandises de toutes sortes. Rouler des heures, jour après jour, glisser sans cesse d'un lieu à un autre, voir défiler le paysage en changement continuel, n'en capter que des bribes, être comme en apesanteur dans la solitude de la cabine tout en devant assurer une maîtrise constante de l'énorme masse en mouvement qu'il pilote, est pour lui un apaisement. Toute son attention est mobilisée par la conduite, son souci concentré sur les délais de livraison à respecter, et le soir, son énergie est consumée par la fatigue. Il s'épargne ainsi les ressassements de souvenirs, de vains regrets, et de remords plus vains encore.

Rouler, le jour, la nuit, laisser défiler images, pensées, fragments de mémoire, élancements du passé, ne pas s'y arrêter, ne pas leur donner prise. Parfois, un souvenir impromptu surgit malgré tout et cherche à s'incruster, à déployer son charme délétère, alors Yelnat frappe son volant du plat de la main, mâchoires serrées, il fixe la route, scrute tous les panneaux de signalisation qu'il croise, desserre les dents pour prononcer à voix haute les noms des villes et les indications routières. Il crie, presque. Il chante aussi, à tue-tête. Il repousse les assauts du passé. Son camion devient char de combat. Il bouffe du kilomètre jusqu'à l'épuisement.

Rouler, rouler, comme si la vie se tenait devant lui, là-bas, toujours ailleurs, toujours plus loin, cette vie qui s'écoule si vite et toujours lui échappe.

Zonka. Clovis avait prononcé plusieurs fois ce nom au cours de la première soirée passée avec Yelnat, mais c'était chaque fois sans lien apparent avec ce dont il parlait, un grain de sel qui s'immisçait hors de propos au milieu ou à la fin d'une phrase. Ils étaient ivres, leurs paroles partaient dans tous les sens, s'arrêtaient en chemin, bifurquaient, ou s'étouffaient dans un accès de rire, un bâillement, un marmonnement. Quand Yelnat a demandé le lendemain de qui il s'agissait, Clovis a paru surpris sur le coup, puis il a dit : « C'est ma fille. – J'ignorais que tu avais une fille... – Moi aussi, jusqu'à récemment. » Il y avait environ deux ans de cela, un midi, alors qu'il s'apprêtait à sortir des locaux de l'entreprise où il travaille pour aller déjeuner, une jeune fille qui attendait dans le hall s'était avancée d'un pas décidé, plantée pile devant lui et, après quelques secondes d'observation droit dans les yeux, elle lui avait dit : « Je m'appelle Zelda, vous ne me connaissez pas mais allez faire illico ma connaissance après pas loin de deux décennies de retard vu que vous êtes mon père. On va déjeuner ? C'est qu'on a plein de trucs à se raconter après tout ce temps, non ? », et sans attendre sa réponse, elle avait entraîné Clovis en glissant son bras sous le sien. Elle ne manifestait aucune émotion, elle affectait un air gouailleur, un peu provocant.

Une fois assis à une table face à l'intruse, il avait repris ses esprits et demandé, d'un ton moqueur à son tour, qui donc était la mère de sa fille insoupçonnée. Le nom qu'elle avait cité lui avait rappelé de lointains souvenirs, mais confus ; une liaison de courte durée, sans aucun lendemain, du moins l'avait-il cru. Rien ne lui prouvait que cette fille effrontée était la sienne, peut-être faisait-elle le tour des anciens amants de sa mère pour se choisir un père à sa convenance, ou simplement pour s'amuser, se foutre d'eux. Zelda avait dû deviner ses pensées, elle avait extirpé de la besace en toile à rayures multicolores qui lui tenait lieu de sac à main trois photos aux couleurs un peu fanées où on le voyait aux côtés d'une jeune femme, plutôt jolie. Zelda avait la même stature, une semblable chevelure bouclée, blond doré, mais une beauté plus piquante dont elle ne paraissait cependant avoir aucun souci. Quant au visage, tant par sa forme que par les traits, il ressemblait un peu au sien, en plus délicat, et surtout plus sensuel. Mais cela suffisait-il pour lui faire reconnaître tout à trac sa paternité ? Et pourquoi diable son éphémère maîtresse ne l'avait-elle pas averti de sa grossesse à l'époque, jamais informé par la suite ? Parce que, avait répondu Zelda, sa mère n'en avait pas eu envie, tout simplement, elle avait décidé de garder cet enfant inattendu et de l'élever seule, aucun reproche à adresser à un géniteur en fuite, donc, et elle-même n'était pas venue pour récriminer, se plaindre, ou réclamer quoi que ce soit, elle voulait juste le rencontrer, savoir qui il était. Et lui annoncer, tout de même, qu'elle existait. « C'est bien d'exister un peu aux yeux des autres, non, surtout à ceux de son paternel ? » Elle parlait sur un ton résolument badin dont il ne savait trop que penser, était-ce naturel ou forcé, était-elle aussi enjouée qu'elle le montrait ou était-ce du défi ? Puis elle avait replongé dans sa besace pour en extraire un bouquin écorné qu'elle lui avait tendu. Ses gestes étaient rapides, nerveux, pour tromper le léger tremblement de ses mains, peut-être.

Une vieille édition de *Save Me the Waltz*, le roman autobiographique de Zelda Fitzgerald. « C'est vous qui l'aviez offert à ma mère. Elle était en train de le lire quand elle a découvert qu'elle était enceinte. D'où mon prénom. » Zelda, la belle jazzy des années folles morte dans l'incendie de l'hôpital psychiatrique où elle était internée. La jeune fille portait le prénom d'une icône de l'entre-deux-guerres à la dorure vite craquelée, brûlée vive après avoir grillé sa vie par tous les bouts dans une quête effrénée de richesse, de gloire, de volupté. Une quête jalonnée de flops. Clovis s'était demandé jusqu'à quel point la fille, qu'il n'osait pas considérer « sienne », s'identifiait à sa célèbre et pathétique homonyme. Si elle affichait une allure de garçonne affranchie, rieuse et frondeuse, à l'instar de la scandaleuse Zelda, elle ne jouait cependant pas comme celle-ci de son pouvoir de séduction, elle avait même plutôt tendance à le tourner en son contraire. Car elle était belle, cette blonde bien en chair, elle attirait les regards, éveillait le désir, mais si un fâcheux avait le mauvais goût de la baratiner sottement ou de la serrer de trop près, elle répondait à ses avances par un pet ou un rot bien sonores qui se révélaient en général plus dissuasifs qu'un refus verbalement formulé. Les dragueurs sont pris de court, ils se sentent mi-dégoûtés mi-humiliés et en général ils décampent, avait-elle expliqué à Clovis. C'est alors qu'il avait pensé à une autre Zelda. Zelda Zonk, le pseudonyme que Marilyn Monroe utilisait quand elle fuyait Los Angeles pour filer discrètement à New York, camouflée dans un imper beige, affublée d'une perruque noire et de lunettes de soleil. Zelda Zonk, une femme ordinaire fondue dans la foule. La beauté se baladant masquée, Éros passant incognito sur les trottoirs. Elle avait le sens de l'humour, la radieuse diva, en choisissant Zonk pour faux patronyme, un mot qui charrie des sens divers, tous un peu déjantés, comme perdre conscience, être bourré, défoncé, zinzin, crevé, cassé… Le sens de la dérision autant que du tragique. Zelda Zonk, la beauté clandestine, Éros éperdu de solitude. Et le sobriquet de Zonka lui était venu à l'esprit pour désigner sa prétendue fille.

Quand il s'était enquis des études qu'elle suivait et du métier qu'elle aimerait exercer, elle lui avait dit qu'il devait essayer de deviner, elle lui laissait dix minutes pour passer en revue toutes les possibilités qu'il imaginerait. Dix minutes, avait-elle souligné, c'est long, de quoi ratisser large. S'il mettait dans le mille, elle lui paierait un verre selon son goût, sinon, c'est lui qui lui offrirait une coupe de champagne, et elle avait ôté la montre de son poignet pour la poser sur la table entre eux deux. Il se doutait qu'elle risquait d'avoir opté pour des études hors des sentiers battus, mais il la soupçonnait aussi d'une forme de duplicité, elle était bien capable, sous ses airs d'excentrique, d'avoir choisi une voie classique. Il avait donc fait alterner le commun et le singulier. Tic tac tic tac tic, il égrenait des suggestions en accéléré, droit rugby mécanique littérature plomberie pyrotechnie médecine magistrature taxidermie informatique… bergère aviatrice comédienne océanographe croupière apicultrice psychologue météorologiste antiquaire champignonniste cinéaste cartomancienne pépiniériste styliste… « C'est fini ! l'avait interrompu Zonka en saisissant sa montre. Et vous avez tout faux. La bonne réponse c'est hôtellerie. » Et elle avait précisé : « Hôtellerie-restauration, pour devenir chef-cuisinier. » Il avait éclaté de rire, en pensant à la débâcle familiale, dont elle ignorait tout, dans le domaine hôtelier. Était-ce là un signe ironique de filiation ? Il avait commandé non pas deux coupes, mais une bouteille de champagne.

Il l'avait revue plusieurs fois par la suite, elle débarquait toujours à l'improviste, ne restait que le temps d'un déjeuner. Il l'invitait dans une brasserie du quartier de son bureau. Il n'avait pas cherché à savoir s'il était vraiment son père, il s'en fichait, Zonka lui plaisait telle qu'elle était, copieusement douée de vitalité et d'aplomb, elle l'étonnait, parfois l'agaçait, parfois l'émouvait, souvent l'amusait. Mais il restait prudent, elle était imprévisible, il avait attendu avant de lui proposer de venir chez lui, le temps, une fois encore, d'un déjeuner. Il l'avait reçue dans sa salle labyrinthe, réduite à une pièce circulaire grâce à une nouvelle et provisoire disposition des paravents, mais ne lui avait pas fait visiter la maison, ni présenté Rufus ; il ne voulait pas l'introduire trop vite, trop avant, dans son intimité. Elle n'avait d'ailleurs fait montre d'aucune indiscrétion, elle alliait avec une aisance déconcertante la désinvolture et la délicatesse, la fraîcheur et une certaine rouerie, de la même façon qu'elle dynamitait sa beauté à coups de brusques lâchers de gaz et d'éructations quand bon lui semblait.

Leur dernière rencontre avait eu lieu un an auparavant. Elle lui avait annoncé tout à trac qu'elle partait à l'étranger, pour une année ou plus ; non pas dans un pays, mais dans plusieurs, du côté de l'Asie, et pas pour ses études, mais pour voyager, marcher, voir d'autres choses, lieux et gens, goûter un peu au monde dont elle ne connaissait encore qu'une part minuscule. Et puis, en chemin, elle découvrirait d'autres façons de cuisiner, elle se démultiplierait les papilles. Et elle mettrait aussi à l'épreuve la relation amoureuse qu'elle menait depuis quelques mois avec un certain Leo, qui l'accompagnait dans ce voyage ouvert à tous les imprévus.

Elle envoie de loin en loin des cartes à Clovis, au dos desquelles elle se contente de griffonner deux ou trois mots, lui ne peut pas la joindre, elle ne donne jamais d'adresse, étant sans cesse en mouvement. Ses cartes ont la brièveté d'un salut esquissé de la main par un ami passant en hâte sur le trottoir d'en face et qui n'a pas le temps de s'arrêter. Le trottoir s'appelle Kazakhstan, Mongolie, Chine, Thaïlande, Laos, Vietnam, Malaisie… Tic tac tic, le temps se fait long, Clovis n'en voit plus le terme. Zonka lui manque. Qu'importe finalement qu'elle soit ou non sa progéniture, il l'a adoptée. Quand elle reviendra, il l'accueillera chez lui sans cette circonspection dont il a fait preuve à son égard, comme un vieux con. *C'est bien d'exister un peu aux yeux des autres, non, surtout à ceux de son paternel ?* lui avait-elle déclaré la première fois. Elle a réussi son coup, la radieuse intruse, à présent elle existe beaucoup à ses yeux, bien plus qu'il ne l'aurait imaginé, et certainement plus que lui-même aux siens.

Tic tac tic, l'absence s'étire et il n'est pas sûr qu'elle cesse un jour. Et voilà qu'entre-temps Yelnat a resurgi, et lui a laissé en dépôt, avant de décamper à son tour, un doux benêt aussi effacé que Zonka est vive, intrépide. Le lunaire Babel, en lieu et place de l'éclatante Zelda. Comme il a autrefois troqué la guérilla contre une vie rangée, sédentaire, auprès d'un frère somnambulique. Mais la lune aussi émet des influx qui peuvent se révéler bénéfiques, Babel fait bien plus pour Rufus que la médecine et que lui-même n'ont réussi à faire, et cela en toute discrétion, toute inconscience même. Sa présence suffit à répandre de l'apaisement. N'empêche, Clovis est en manque de bouffées de vent solaire.

La dernière carte provient de Jordanie, une vue du nymphée de la cité de Jerash, alcôve ocre orangé dressée contre un ciel bleu pur. Zelda y écrit qu'elle amorce son retour, après dix-huit mois de vagabondage ; elle envisage encore une halte au Liban, puis à Chypre, et une ultime en Turquie. Un autre courrier arrive le même jour, adressé à Babel celui-là. C'est la première fois qu'il en reçoit un, il le tient longtemps entre ses mains avant de l'ouvrir, une enveloppe à bulles qu'il tâte, intrigué. Il lit, relit son nom, l'adresse, avec la lenteur qui est encore la sienne en lecture. Il regarde le timbre, déchiffre le tampon de la poste. La lettre vient de Norvège. Il la décachette enfin ; dedans, ce n'est pas l'image d'un magnifique vestige romain mais celle, divisée en plusieurs vignettes de la grosseur d'un timbre, d'un clown variant ses grimaces. Une série de six clichés pris dans une cabine automatique de photographie d'identité ; chaque vignette montre un visage grossièrement maquillé, face enfarinée, yeux et bouche cerclés de noir, lèvres écarlates, boule rouge plantée sur le nez, cheveux en bataille et mimiques grotesques exprimant la stupeur, l'ennui, la colère, la rigolade, le dégoût, la rêverie. Au revers, quelques lignes : « Bonjour gamin. Ça va la vie, là-bas ? En route, j'ai retrouvé Baldo. Depuis le temps que tu voulais le voir, hein ? Voici quelques aperçus de sa trombine. Il t'envoie son pif en guise de salut. Mon amitié à Clovis et Rufus. Yelnat. » Babel retire de l'enveloppe une boule enroulée dans un morceau de papier scotché. Il n'ose pas encore défaire ce ballot miniature, il le fourre dans sa poche. Il revient à la carte, tourne et retourne le rectangle de papier brillant, scrute tantôt les portraits, tantôt les mots. Baldo, Yelnat, Baldo, Yelnat. Blanc rouge noir, encre bleue. Les grimaces, l'écriture, l'outrance, la sobriété. Bonjour, là-bas, en route – mais où est ce *là-bas*, est-ce ici, ailleurs, et où va ce *en route* ? Plus loin que la Norvège ? Babel extrait chaque mot, le soupèse, l'interroge. L'un retient son attention plus que les autres : *Gamin*. Yelnat l'a toujours appelé ainsi et cela lui déplaisait, mais cette fois cette appellation l'émeut, peut-être parce qu'elle est écrite, silencieuse, chargée d'une sympathie qu'il n'avait jusqu'alors jamais sentie.

À force d'examiner les photos, Babel remarque que le pif rouge n'a pas toujours la même forme, il est parfois plus allongé, ou épaté, un peu tombant ou retroussé ; en revanche, le regard de Baldo, quelle que soit l'expression forcée qu'affiche son visage, reste immuable

– fixe et vide. Le peinturlurage autour et les contorsions faciales ne font que renforcer cette impression. Il porte le papier à ses narines, le respire, l'effleure aussi du bout de la langue, l'odeur et le goût sont faibles, un peu âcres. Il convoque encore un autre sens, il pose la bande photo contre son oreille, mais ce n'est pas une conque, elle ne produit aucun son, juste une vague sensation auditive. Il revient à la vue, inspecte chaque vignette à la loupe. Le nez, un astre rouge sans rayonnement, isolé dans l'espace blanchâtre de la face zébrée de lignes sinueuses comme des queues de comètes frôlant une étoile ; ces traînées ne brillent pas, elles semblent composées de poussières de charbon. Entre les paupières crayeuses, un trou noir où la lumière s'est consumée et qui éclipse la boule rouge, la bouche distordue et toutes ses simagrées. Un souvenir lui revient brutalement, très net, celui du lièvre au pelage fauve abattu en pleine course, tombé tout près de lui qui se tenait terré sous un buisson dans la forêt un jour de chasse. Il revoit son œil rond, petit objet céleste compacté à l'extrême, la prunelle avalante, le froid soudain s'en exhalant alors que la fourrure de l'animal dégageait encore odeur et chaleur.

Babel montre ce courrier à Clovis et à Rufus, mais sans leur faire part du trouble qu'il ressent, ni du cadeau joint à l'envoi. Les deux hommes ne font aucun commentaire, ils regardent la série de photos clownesques en souriant et la lui rendent. Clovis demande juste si Yelnat mentionne quand il prévoit de passer, il y a longtemps qu'il n'est pas venu les voir. Non, rien à ce sujet, dit Babel à regret. Il épingle l'image sur le mur à côté de son lit, dans la chambre où il est à présent installé. Les deux frères se sont enfin décidés à rénover et réutiliser les pièces de l'étage, Clovis a replié ses paravents, Rufus quitté le salon où il se confinait. La maison sort de sa longue hibernation, elle s'ébroue, se remet en mouvement intérieur. Rufus aussi s'ouvre davantage au dehors, le jour où il apprend que le propriétaire de la librairie où il se rend régulièrement depuis quelque temps cherche un vendeur, il se propose. C'est une librairie de livres anciens et d'occasion, tenue par un homme passionnément épris de l'histoire du Moyen Âge. Il a consacré plusieurs études au fils d'Héloïse et d'Abélard que sa mère avait pourvu d'un prénom ésotérique, Astralabe. En l'honneur d'Abélard, il a donné à son magasin le titre d'un de ses ouvrages célèbres, *Sic et Non*, et il a latinisé son propre prénom en Lucius. Les clients sont peu nombreux, mais il y en a d'assidus, certains se sentent chez eux dans cette boutique où règnent un savant désordre et une atmosphère paisible, comme d'autres dans tel bistrot où ils ont leurs habitudes ou dans telle salle de jeu où ils éprouvent dès qu'ils y entrent une secrète excitation, celle d'avoir ce coup-ci la baraka, de gagner le jackpot, de dénicher un livre rare. Il y a les loquaces, et les laconiques. Les premiers discutent à l'envi avec Lucius, les seconds s'entendent à demi-mot avec Rufus. Parmi ces derniers, deux imposent peu à peu leur présence discrète, une femme d'origine chinoise, Madame Kuang, à l'âge indéterminable mais à la beauté remarquable, férue de poésie, et un vieil homme qui porte son dénuement avec pudeur et distinction. Grand, maigre, vêtu en toute saison d'un manteau de cocher à capuche en gabardine de coton dont le noir a viré au verdâtre et par endroits a pris une luisance mordorée, il glisse entre les rayons sans faire de bruit, feuillette les livres avec précaution. Il vient presque tous les jours, surtout en hiver où il s'attarde alors longuement. Il parle peu, sa voix est ténue, légèrement essoufflée, et quand il prend la parole, c'est en général pour citer des phrases du Qohélet. Un soir, à l'heure de la fermeture, il en a chuchoté une sentence à l'adresse du propriétaire et de son vendeur : « Mieux vaut être deux que seul car ainsi le travail donne bon profit. En cas de chute, l'un relève l'autre ; mais qu'en est-il de celui qui tombe sans personne pour le relever ? Et si l'on couche à deux, on se réchauffe, mais seul, comment avoir chaud ? » C'était sa façon de s'excuser de venir profiter de la chaleur du lieu sans pouvoir rien acheter. Il ne parle jamais de lui, son histoire se devine vaguement à travers les citations qu'il fait. Une histoire réduite à presque rien par la solitude et l'indigence. Lucius lui a installé un fauteuil dans un recoin du magasin afin qu'il puisse y lire, ou somnoler, en toute tranquillité et discrétion. Faute de connaître son nom, on l'appelle Monsieur, tout court. Plus qu'un nom, c'est son titre.

Un autre familier de *Sic et Non* porte ce titre, mais devant son prénom et sous une forme différente, c'est Si Bassam, qui tient la quincaillerie en face de la librairie. Babel est aussi séduit par l'extraordinaire bric-à-brac d'appareils ménagers, d'ustensiles de cuisine, de produits d'entretien, de rouleaux de toile cirée, de bocaux, de bidons et de boîtes en fer, en carton, en bois, sur lequel règne Si Bassam, que par celui des livres de tout format partout disposés, alignés, empilés, dans le magasin de Lucius. Chez les deux, l'espace est envahi par les objets, les murs en sont tapissés de bas en haut, nécessitant l'emploi d'échelles ou d'escabeaux ; chez Si Bassam, le plafond lui-même est colonisé, il en pend des balais, des plumeaux aux couleurs vives, des pans de tissu, des outils de jardinage, des arrosoirs en plastique, des sacs… Deux antres magnifiques, chacun gardé par un patron tutélaire assez extravagant ; les deux hommes partagent une même passion pour la lecture et la polémique philosophique et religieuse, et depuis des années ils organisent, à raison d'une fois par trimestre, des soirées de controverses à la façon des *disputationes* médiévales. L'un lance une question à débattre et commence à développer ses réponses, l'autre l'écoute avec la plus grande attention puis prend à son tour la parole pour émettre ses objections, le premier s'ingénie à réfuter ses arguments avec force contre-arguments, le second fait de même, jusqu'à épuisement des deux querelleurs qui parviennent rarement à une *determinatio magistralis*, juste à une suspension du débat dont la relance est fixée à la saison prochaine. Ce qui leur importe, c'est de débattre, d'essayer d'entendre d'où parle leur contradicteur, comment il lit et interprète le monde, pourquoi il pense tel qu'il le fait, et en même temps, par un lent reflux souterrain, chacun cherche à s'assurer du fondement de sa propre pensée. L'auditoire est restreint, mais fidèle ; les piliers en sont Rufus, Madame Kuang, Nawal, la femme de Si Bassam, et trois amis de leur couple, Monsieur, qui ne prend jamais la parole, se contentant de manifester son accord ou son désaccord par d'imperceptibles balancements de la tête, et à l'occasion Clovis, qui excelle alors à jouer la mouche du coche en prenant résolument le contre-pied des deux débatteurs. Babel y assiste également, bien qu'il n'y comprenne pas grand-chose, mais l'éloquence tempétueuse des deux hommes l'impressionne. En fait, ce qu'il préfère dans ces joutes oratoires, c'est leur préparation ; durant les deux ou trois semaines précédant le rituel de la controverse, Si Bassam lui demande de venir lui donner un coup de main à la quincaillerie, tant il est requis par ses lectures, ses notes, l'aiguisage de ses questions, le peaufinage de ses réponses, l'affûtage de ses objections. Il confie à Babel la garde du magasin tandis qu'il fignole son travail dans l'arrière-boutique aux allures de cabinet d'étude. Et Babel peut examiner à loisir la foule d'objets qui l'environne, jouer avec certains, regarder les passants, et contempler la vitrine de *Sic et Non* de l'autre côté de la chaussée. Cette légère mise à distance suffit à donner à la devanture de la librairie une allure de rideau de théâtre.

Babel ne se décide pas à déballer le minuscule paquet qu'il a déposé dans le tiroir de sa table de chevet. Une nuit, il entend Yelnat l'interpeller : « Hé, gamin ! Comment ça va la vie ? » Il ne le voit pas, aucune image, pas même une silhouette, c'est un rêve gris, seulement sonore. La voix est nette, un peu bourrue, elle résonne dans sa tête comme dans un bois, pareille au martèlement obstiné d'un pivert tambourinant contre le tronc d'un arbre pour signaler sa présence à la ronde dans l'espoir d'attirer une de ses congénères. L'appel est formulé alternativement dans deux langues, celle d'avant, dont il a presque tout oublié, et celle qu'il a apprise chez les jumeaux. « Hé, gamin ! » L'interpellation se répète plusieurs fois, sur le même ton. Babel se réveille, il perçoit encore des échos pulser sous ses tempes. Il se lève, allume le plafonnier, extirpe la boule de son emballage. Elle est en matière plastique souple, couleur tomate, munie d'un élastique. Elle ne pèse presque rien, elle est molle, malléable. Il l'ajuste sur son nez, passe l'élastique derrière son crâne et va se poster devant la glace encastrée dans l'un des murs de la chambre. La lumière est faible, la glace ternie et piquetée, il se voit flou. Il s'habitue à cette demi-obscurité, il reste immobile devant le miroir brouillé, épaules droites, reins cambrés et ventre bombé. Il est pieds nus, en pyjama de pilou à carreaux gris et mauve clair, les cheveux dépeignés. Il a boutonné de travers sa veste dont un pan est plus court que l'autre et bouffe sur son côté gauche. Il tire dessus, ne réussit qu'à détendre le fil du bouton mal placé qui se met à pendouiller.

Il s'approche tout près de la glace, se penche, colle son nez contre sa surface ; le nez s'écrase dans un crissement mou. Il se redresse, la boule reprend son volume. « Hé, gamin ! » Babel s'interpelle à mi-voix. Il recommence son affrontement, puis il tripote le pif pour en varier l'aspect, il le retrousse en forme de poire. Il se regarde de face, de profil, prend différentes postures, et entre deux, il s'apostrophe, toujours en sourdine : « Hé, gamin ! Salut gamin ! » Ce jeu l'amuse, il rit tout bas. Il accélère le débit, les mots se bousculent. Soudain il débite tout d'une traite : « Hé-Baldo-ça-va-la-vie-où-ça ? » La question pourrait se poursuivre en boucle à l'infini. Il s'arrête, hausse les épaules, tire la langue à son reflet et retourne se coucher, le pif remonté sur le front ainsi qu'une lampe de spéléologue, ou un troisième œil, cyclopéen. Il se rendort, sans plus rêver. Au matin, il se réveille le visage trempé, il a pleuré dans son sommeil sans même s'en rendre compte. Sa bouche est desséchée, sa langue rêche, comme si toute sa salive s'était tarie ou avait conflué avec ses larmes. Sa pensée aussi est aride, il ne s'y formule rien, juste une certitude plantée muettement dans ce vide – il ne reverra plus Yelnat.

Quand Zelda reparaît enfin, près de deux ans se sont écoulés. Elle a enrichi ses cinq sens et collecté plein de recettes de cuisine, appris une ribambelle de mots dont elle écorche la prononciation et confond parfois la provenance et la signification, et elle s'est séparée de Leo. Elle a maigri, l'émaciement de ses traits accentue la ressemblance, qui restait discutable, avec Clovis, et elle a coupé ses cheveux, une coiffure courte qui arrondit le volume et donne de la légèreté à ses boucles. Elle a mûri, mais elle n'a rien perdu de son goût pour la provocation. Cette fois, Clovis l'accueille sans réserve, il l'invite à rester quelques jours, et à revenir quand bon lui semblera. Elle fait la connaissance de Rufus, et de Babel. Drôle de garçon, celui-là, qui se tient en lisière de l'enfance et de l'âge adulte, dans un entre-deux qui n'est pas vraiment l'adolescence, du moins pas telle qu'elle-même l'a vécue, et observée ensuite chez les autres. Il y a chez lui un alliage de candeur et de gravité, de douceur et de robustesse qui l'étonne. Il se tient de plain-pied avec la vie, avec le monde, sans leur demander de comptes, sans rien attendre de plus que ce qu'il en reçoit. Il entretient avec les bêtes une complicité tacite, et partage avec une corneille une amitié plus intime qu'avec quiconque. Il donne l'impression d'habiter le temps comme une demeure paisible, ou plutôt de le traverser à la façon d'un animal parti en transhumance et qui parcourt de longs espaces à pas pesés et cadencés, sans se soucier de la durée du trajet ni des difficultés qu'il risque d'avoir à affronter en chemin, mais en jouissant de chaque instant. Une jouissance placide, de basse et continue intensité que des imprévus malencontreux peuvent perturber, certes, parfois mettre rudement à l'épreuve, mais non anéantir. Elle doute qu'il ait déjà connu cette autre jouissance tout en étourdissement et fulgurance qu'est le plaisir sexuel.

Une autre bizarrerie la surprend. Babel ne semble pas préoccupé de savoir d'où il vient, de quels parents, de quelle famille. Elle, elle a été tôt tracassée par le fait de tout ignorer de l'homme qui était son géniteur, et dès que cela lui a été possible, elle a tout mis en œuvre pour le retrouver, le rencontrer, dans l'espoir qu'il se révélerait un père, même tardivement. Et elle a réussi ; à présent, elle se sent plus apaisée, affermie, car libérée de ce tourment d'inconnaissance. Son histoire, finalement, est banale. Mais lui, ce n'est pas seulement un père qui lui fait défaut, c'est la mère, c'est son origine, son nom, sa langue maternelle, son pays, toute son enfance. Il vit le dos tourné à un gouffre d'ignorance, sans manifester de curiosité, de souffrance, de révolte. Sa force, peut-être, résulte de cette indifférence à son passé inconnu, englouti dans la guerre, à cette part abolie de sa mémoire. S'il se retournait, il risquerait d'être saisi de vertige, de dégringoler dans le gouffre qui bée derrière lui. Zelda n'ose pas le questionner à ce sujet, mais elle interroge les deux hommes qui ont pris en charge ce déraciné absolu. Rufus rapporte une discussion qu'il a eue récemment avec Babel ; quand il lui a demandé comment il supportait ce manque, et s'il envisageait plus tard d'essayer de remonter les traces de son passé perdu, Babel l'a regardé comme si cette question ne le concernait pas, et il a répondu que la présence de Doudi lui suffisait. Lui et la corneille se connaissent depuis toujours, a-t-il dit, même quand elle s'absente, elle ne le quitte pas vraiment. Elle va, elle vient, disparaît plus ou moins longuement, finit toujours par reparaître impromptu, reprenant aussitôt le fil de leur relation. Ce lien est infrangible, indissoluble, même la mort n'y pourra rien. Le savoir sur lui-même dont il est privé, c'est Doudi qui le porte, le détient. Elle en est la détentrice à la façon des oiseaux, des animaux en général – dans une totale simplicité et une égale intensité, charnellement. Ce savoir qu'elle n'exprime pas en mots, elle le distille à petits coups de bec ou grands coups d'ailes, par sautillements

la connaissance de soi requiert le langage
cf Benameur



ou par envols, par crieries longues ou en saccades, rauques ou stridentes, et tout autant par ses silences. Rufus n'a pas été très convaincu par cette explication, doutant qu'un savoir sur soi auquel on n'a aucun accès direct, seulement par le biais d'un oiseau dépourvu de langage articulé, puisse donner lieu à un quelconque éclaircissement, et il a fait part à Babel de sa perplexité, sans obtenir plus de précisions. Pour le garçon, à l'évidence, ce qu'il venait d'énoncer allait de soi et il ne trouvait pas comment formuler autrement son propos. Rufus lui a alors demandé ce qu'il avait appris de son oiseau au sujet de ses origines. Babel, après un temps de réflexion, a donné une réponse concise et assurée qui a laissé son interlocuteur encore plus déconcerté : « J'ai appris que nous avons la même origine, nous, les vivants, tous les vivants. La terre, les éléments. » Rufus n'a pu s'empêcher de lui faire remarquer que cela, tout le monde le sait, pas besoin d'un oiseau pour l'apprendre, nous sommes tous constitués d'humus et en amont de poussières d'étoiles, tous connectés au cosmos, c'est un fait établi, devenu même un poncif, mais en dehors de ce lointain cousinage d'atomes, qu'a-t-il appris le concernant, lui, précisément ? A-t-il reçu de sa corneille le moindre indice, entrevu une piste à suivre pour découvrir d'où il venait ? Cette insistance a paru peiner Babel, qui a fini par émettre un soupir de résignation à son incapacité à se faire comprendre de Rufus, comme de toute personne lui posant les mêmes questions.

Le dernier soir, Zelda vient frapper à la chambre de Babel, elle a envie d'échanger encore un moment avec lui avant son départ. Ce garçon qui se contente d'une corneille erratique en guise de mémoire est pour elle une énigme. Elle entr'ouvre la porte, l'aperçoit assis en tailleur sur le lit, un gros livre calé entre les genoux, trois autres empilés sur le sol. Il est si absorbé par sa lecture, qu'il n'a rien remarqué. Depuis le seuil, elle l'appelle à voix basse, il redresse la tête et reste interdit devant cette intrusion. « Je peux entrer ? » Comme il ne répond pas, elle referme la porte, s'avance lentement vers lui, s'assied au pied du lit. « Qu'est-ce que tu lis ? » Il soulève le livre et le lui montre en guise de réponse. C'est le tome trois d'un dictionnaire illustré. Chaque soir Babel se plonge dans les pages d'un volume, en quête de vocabulaire. Il ne procède pas par ordre alphabétique mais va chercher les mots qu'il a entendu prononcer par d'autres ou lus dans un journal, dans un livre, et dont il ne comprend pas le sens, puis il zigzague d'un tome à un autre pour trouver des synonymes, ou des termes approchants ; en chemin, il s'attarde ici ou là, bifurque, l'attention détournée par une image, ou retenue par un vocable singulier. Les mots qui lui plaisent particulièrement, il les articule à mi-voix à plusieurs reprises, puis il les rumine longuement en silence. Quand Zelda est arrivée, il était en train de mastiquer le mot *mégalithe*. Elle s'étonne qu'il préfère la lecture de dictionnaires à celle de romans, ingurgiter des mots à sec plutôt que se plonger dans une histoire. Babel répond avec son bon sens habituel qu'il est difficile d'apprécier un livre si on manque de vocabulaire. Et puis, les mots sont déjà des histoires à eux seuls, ils viennent de loin, ils se sont transformés au cours du temps ; ils sont souvent composés de plusieurs éléments, beaucoup ont des significations différentes, certains sont pareils à des puits pleins d'échos. Il aime se pencher sur ces puits, en scruter l'ombre, en sonder la résonance, tenter d'apercevoir le fond, là où ça luit. La source. Zelda s'amuse à l'idée que sa mère, au lieu de la nommer d'après l'auteure d'un roman, aurait pu l'affubler d'un mot piqué dans un dictionnaire, *pschent*, *calebasse*, *labyrinthe*, *funambule*, *scarabée*, *abacule* ou *percussion*, par exemple… « Pourquoi tu dis n'importe quoi ? l'interrompt Babel d'un ton calme. Il y a un mot pour toi dans le dictionnaire, pas une bêtise prise au hasard. – Ah oui, lequel ? – Soleil. – C'est beau, mais excessif, non ? Et puis, cela me ferait perdre l'initiale de mon prénom, je tiens à ce Z majuscule. Clovis m'a flanqué un diminutif pas très joli, Zonka, mais ça va parce que je garde mon Z. – Alors on peut ajouter zénith. Soleil à son zénith.» Babel a le don de la surprendre et de la dérouter. «Tu fais en effet un usage romanesque du dictionnaire. Tu sais quoi? C'est toi qu'il faut renommer, tu portes mal ce surnom de Babel qui laisse croire que tu es un bavard confus alors que tu parles peu, mais toujours avec justesse. Il suffit d'enlever une lettre à ton nom, la première, et tu deviens Abel. Un vrai prénom, celui-là, et beau, et qui remonte aux origines. – Quelle origine? – Celle de la fratrie, et celle du fratricide, deux coups en un.» Devant l'air interrogateur de Babel, elle raconte la tragédie de Caïn et Abel, le cultivateur et le berger, le violent et le doux. Mais que vient faire Dieu là-dedans? demande Babel. Ce nom, il l'a certes entendu prononcer par Lucius et Si Bassam lors des «soirées de *disputatio*», mais sans en être troublé car il n'est pas encore parvenu à saisir de qui il s'agissait exactement, les querelleurs n'étant jamais d'accord sur la façon d'en parler, de le désigner, de l'intégrer dans l'Histoire et d'articuler son mystère à la vie des hommes. Il ne comprend pas ce que ce personnage vient faire entre les deux premiers-nés de l'humanité, pourquoi on lui fait des offrandes, et pour quelle raison il en accepte une et refuse l'autre, semant ainsi une discorde mortelle. Mais là, Zelda déclare forfait, elle lui conseille d'aller déjà chercher dans son dictionnaire la définition de *Dieu*, puis d'aller questionner des gens plus compétents qu'elle en la matière, si vraiment le sujet l'intéresse. Elle se contente de déclarer que les hommes sont malades de rivalité, de gloire et de puissance, qu'ils ont la frénésie de tuer et de s'entretuer. Quant à Dieu, une idée folle qu'ils ont lancée dans le ciel comme un aigle gigantesque, diurne autant que nocturne, et qui plane sur la terre en permanence, la couvrant plus souvent de pénombre que de lumière. Mais Babel l'écoute d'une oreille distraite, il pense à son presque homonyme qui était berger nomade, et que son frère a entraîné dans un champ pour l'attaquer par surprise, comme Tomko et ses camarades ont fait avec lui. Lui n'est pas mort, mais son effroi a été tel qu'il s'était certainement condensé en cri pour filer droit vers le ciel, comme le sang d'Abel. Et il lui revient le souvenir d'autres peurs plus anciennes, confuses, mais éprouvées à l'excès devant des hommes armés de fusils qui tiraient sur lui, il entend leurs vociférations, le sifflement des balles, mais il est incapable de situer cette scène, ni dans l'espace ni dans le temps. Il se tourne vers Zelda ; sa présence l'apaise, sa beauté le réjouit, le souvenir brumeux se dissipe. Il est en vie, en vie ! Il sourit à cette fille qui rayonne à ses côtés comme un petit soleil et lui dit tout à trac qu'il veut bien prendre le nom d'Abel, et dans la foulée, qu'il aimerait qu'elle reste avec lui cette nuit. Avec le garçon Babel, elle aurait refusé, avec le jeune homme Abel, elle accepte.

Leur lutte est douce dans le lit, elle dure longtemps, elle croît, décroît, elle recommence, avec des gestes chaque fois nouveaux qui les épuisent et les exaucent d'un même élan. Abel sent des faisceaux de frissons lui parcourir la chair, il étouffe ses râles dans le cou, les cheveux de Zelda, la mort qu'ils se donnent est abrupte, fugace, il n'y a ni vainqueur ni vaincu, juste deux corps qui s'empoignent, s'embrassent, se caressent, s'étreignent, et qui s'effondrent l'un sur l'autre, également harassés. Abel s'endort une joue contre un sein de Zelda, une main posée sur l'autre, dans le rêve insensé mais vivace que du lait s'en épanche en fines coulées blanches.

# III

Voici le temps de se ceindre les reins comme un vaillant
homme.
Mais le faisant, mon cœur, préservez-moi de toute haine
ne faites point de moi cet homme de haine pour qui
je n'ai que haine.

Aimé Césaire, *Cahier d'un retour au pays natal*

Il a suivi le conseil de Zelda, peu inspirée par la question qu'il lui avait posée à propos du personnage Dieu, de consulter le dictionnaire. Mais les définitions qu'il a trouvées ne l'ont guère éclairé ; trop nombreuses, abstraites, et contradictoires. Dieu y est déclaré principe d'explication de l'existence du monde, source de toute vie, conçu tantôt comme un être personnel, unique et exclusif, tout-puissant et omniscient, tantôt comme une force impersonnelle partout à l'œuvre dans l'univers, ou encore comme une pluralité d'esprits, de génies, de démons bons ou mauvais. Et une kyrielle de termes gravite autour de lui, chacun désignant une interprétation particulière de ce vocable indécis. Polythéisme, déité et divinité, monothéisme, animisme, dualisme, providence, déisme, totémisme, athéisme… Sont encore mentionnées des variantes et des singularités, comme un Dieu-Homme, un fils, une mère de Dieu, et un Verbe, et une Loi, et un bras, un œil, une voix de Dieu, et sa colère, son amour, sa jalousie, sa miséricorde… Il y a aussi une liste d'exclamations et de jurons dérivés de ce mot-pivot. Grand Dieu ! Juste Dieu ! Tonnerre de Dieu ! Bon Dieu de bon Dieu ! Nom de Dieu ! Bordel de Dieu !... Dieu soit loué ! À Dieu ne plaise ! Dieu merci ! Dieu m'en garde ! C'est pas Dieu possible !... Et figure un mot qui achève de l'étonner : *déicide*. On peut donc tuer Dieu. Abel a refermé le dictionnaire sans savoir à quoi s'en tenir. L'Éternel est mortel, l'Absolu se révèle pluriel, l'Aimant fait la guerre, le Parfait peut se montrer colérique et châtieur, le Créateur incréé se choisit une mère, il change sans cesse de nom, d'attributs, brasse les plus hautes qualités et les plus ténébreuses. C'est en effet « pas Dieu possible ». Mais dans la constellation des mots qui l'ont étourdi, Abel en a retenu un, le seul qui ait fait un peu sens pour lui, précisément parce qu'il ne prétend rien affirmer : *le Dieu inconnu*. Voilà qui permet d'envisager un Dieu possible.

Il a ensuite interrogé Clovis. D'un air très sérieux, celui-ci a commencé par dire : « Dieu ? Pas facile de le rencontrer, il réside assez loin, à environ neuf années-lumière de la Terre. C'est un lauréat du prix Nobel, Piotr Kapitsa, qui a fait le calcul, ce doit donc être fiable », et il a raconté la façon dont le physicien avait procédé pour évaluer la distance à laquelle ledit Dieu avait planté son trône céleste. Kapitsa s'était basé sur le lancement de prières émises en 1905, vers la fin de la guerre russo-japonaise, par des popes pleins de ferveur patriotique et leurs ouailles les plus dévotes. Dans leur appel, ils adjuraient Dieu de châtier leurs ennemis. La réponse était arrivée dix-huit ans plus tard, en 1923, sous la forme d'un violent séisme qui avait frappé une partie de l'île centrale du Japon, dévastant de nombreuses villes et tuant des gens par milliers. Les prières voyageant certainement comme les photons à la vitesse de la lumière dans le vide intersidéral, soit 300 000 kilomètres à la seconde, et l'accusé de réception de la part de Dieu, idem, Kapitsa avait pu ainsi élaborer son calcul. Il serait d'ailleurs intéressant, a ajouté Clovis, que cette opération mathématique soit appliquée à toutes les suppliques adressées à Dieu de par le monde, en toute époque, pour que soit puni, massacré, tel pays ennemi, tel peuple exécré, ou au contraire pour que soit béni, sauvé, tel pays, telle personne aimée, et aux éventuelles réponses reçues. Il conviendrait ensuite de comparer ces divers calculs pour tenter de déterminer au plus juste la position du trône divin dans l'infinité de l'univers, mais cela risquerait d'être insoluble, car s'il y a des malédictions et des bénédictions qui tardent à obtenir satisfaction, il y en a d'autres qui font mouche rapidement. Alors, soit Dieu ne tient pas en place, il vagabonde dans les galaxies, voire au-delà encore, soit il a l'humeur capricieuse et ne répond que quand ça lui chante, illico, à retardement, ou jamais. Clovis aimait bien raconter cette blague scientifique qui valait à ses yeux les élucubrations concoctées par les divers systèmes de croyances; elle valait même beaucoup mieux que ceux-ci, car elle se savait une bouffonnerie et s'affichait comme telle, elle se moquait de toute prétendue capacité de compréhension des mystères ultimes par voie de révélations, d'hypothèses et de déductions, quoi qu'en pensent et en disent Lucius et Si Bassam.

Clovis récuse fermement l'idée d'un Dieu créateur, de tout gouvernement de l'univers par une ou des divinités n'ayant d'autre relation avec les hommes que celle de la domination, et il fustige les religions, trop souvent causes d'intolérance, de violence s'envenimant en tueries. Au passage, il a rappelé à Abel que les atrocités commises dans son pays d'origine l'ont été en partie au nom d'appartenances religieuses différentes qui, bien instrumentalisées par les nationalistes va-t-en-guerre de chaque bord, se sont exacerbées en orgueils et fureurs identitaires. Yelnat l'a arraché à temps de ce cloaque de haine et de férocité… Mais, comme à chaque fois qu'il évoque son ami, Clovis a soudain perdu le fil de ses propos, sa voix s'est altérée, son visage assombri. Yelnat, vieux clown rebelle à bout d'énergie, sorti de piste sans prendre le temps de saluer, de peur, peut-être, qu'on essaie de le retenir, disparu sans laisser de traces, pas le moindre indice, pour que son effacement soit total.

Abel ne se sent pas concerné par cette guerre qui a ravagé son pays d'origine et englouti son enfance dans un oubli total ; c'est un conflit parmi tant d'autres. Il a vite compris, en étudiant la géographie et l'histoire, que la guerre est une passion congénitale de l'humanité, elle ne cesse jamais sur la terre, pas un jour, pas une heure, elle se déplace, c'est tout, elle change de lieu, de forme, de prétextes, d'armement, de stratégie, d'intensité, de durée, de ceci de cela, mais le résultat est toujours pareil, des tombereaux de morts, des flopées d'infirmes, des hordes d'endeuillés, des ruines à profusion, du malheur à l'excès et de la haine à foison qui fermente longtemps après la fin des combats, bonne à se réinjecter dans un prochain conflit. C'est peut-être pourquoi le trou à pic de plus de dix ans qui crève sa mémoire à sa source ne le tourmente pas beaucoup, cela le délivre du poids de souvenirs terrifiants, lui épargne le lancinement de deuils inconsolables. Il est né au seuil de l'adolescence, nu de corps, de mémoire et d'esprit, et il s'en accommode. Il n'est certainement pas le seul sur la terre à être né en temps décalé. Mais Yelnat, il ne l'oublie pas. Ghirza et lui restent ses deux premiers repères, des corps-signets marquant le début du récit de sa vie. Clovis et Rufus sont seconds et d'égale importance, des corps-tuteurs qui le soutiennent pour que sa vie puisse croître. Quant à Doudi, elle se tient à la fois au sommet, en marge et au cœur de ce carré vital, petit corps-diagonale toujours en va-et-vient, point d'ancrage magnifiquement mobile dans la fluidité du temps. Et il y a aussi le cercle des proches, Zelda l'imprévisible aux visites de météore, Lucius, Madame Kuang, Si Bassam et Nawal, Monsieur, et encore quelques autres amis et connaissances des frères.

Rufus s'est montré plus nuancé que Clovis sur la question de Dieu. Il s'est contenté de dire qu'il ne savait pas, n'ayant été gratifié d'aucune révélation intérieure, d'aucune lumière sensible à l'âme, et par ailleurs pas une des explications données par les différentes doctrines religieuses ne l'a convaincu. Ni mystiquement, ni intellectuellement, donc, il n'a eu jusqu'à ce jour accès à ce mystère absolu nommé Dieu. Mais il ne se déclare pas athée résolu comme son frère, il laisse la question grande ouverte, et, a-t-il ajouté, il se sent souvent troublé par le vent gris monté de ce puits d'inconnaissance. Quant à Lucius et à Si Bassam, Abel n'a pas osé les interroger, de peur de s'attirer des discours-fleuves. Il se contente d'écouter avec plus d'attention lorsqu'ils évoquent ce nom sacré et litigieux au cours de leurs discussions.

La corneille, elle, n'a rien à raconter. Elle vit simplement, pleinement, sa vie d'oiseau en liberté entre la terre et le ciel, l'épaule d'Abel et les branches des arbres, entre silence et cris, chaque jour lui étant un royaume, chaque nuit un repos contre le pouls du monde. Son corps de si peu de poids qui s'affranchit à sa guise de la pesanteur est pour Abel une pulsation du temps qui le maintient en état d'alarme discrète et douce, et le mène souvent à la lisière de la veille lucide et du songe. Elle ne raconte rien, certes, mais elle fait signe à sa manière erratique, pointe du sens à tous les coins de l'horizon, multipliant les directions vers le dieu inconnu, peut-être. Un dieu qui échappe à tous les discours sur lui tenus, qui se rit du sérieux trop rigide et prétentieux des hommes affirmant avoir autorité en la matière, un dieu qui fait théologie buissonnière et loi vagabonde, un dieu courant d'air qui passe en sifflant, chantant ou soupirant, tout bas, toujours tout bas, en douceur.

Au fil des années Abel a lu et entendu bien des choses concernant « le cas Dieu », son existence ou sa non-existence, ses vies et ses morts, sa toute-puissance ou son impuissance. Certaines de ces déclarations l'ont intéressé, quelques-unes plus particulièrement touché, beaucoup l'ont laissé dubitatif, voire défiant. Il y a flairé trop souvent des relents d'anthropomorphisme, parfois très lourds. L'homme ne cesse de se mettre au centre – de la Terre, du monde, de tout, même de Dieu. Il lui a d'ailleurs semblé que dans la plupart des religions, la place accordée à la nature et aux éléments était nulle, ou alors si réduite, et celle concédée aux animaux, infime, sinon déplorable. Ces derniers ont pourtant précédé l'homme sur la Terre, et des liens de filiation, tout lointains et distendus soient-ils, les relient. Tous sont des vivants. La vie, la vie vivante, chair et souffle, mouvement et élan, déploiement de désir, voilà ce qui importe à Abel. Il ne se sent au centre de rien ; d'ailleurs la Terre tourne continûment autour du Soleil, comme toutes les planètes, et lui-même est toujours en mouvement, dans l'espace alentour autant que dans le temps, et le temps aussi bien le traverse, ça bouge en lui, dans son corps dont les cellules, les tissus, les organes sont soumis à un renouvellement permanent. Le seul centre qui vaille se trouve nulle part et partout, il est multiple, variable, itinérant, tout est échange, entrecroisement, circulation. Révolution perpétuelle – en toute chose, toute matière, tout corps, en chaque vivant, et jusqu'en Dieu. Surtout en celui-ci, l'Inconnu. Mais cette vie est mise à mal par ceux-là mêmes qui veulent se l'accaparer, en être les maîtres exclusifs. Une mise à mal en crescendo, avec des pics d'affolement, comme pendant les années de la vache dite folle et des moutons et des chèvres pris de tremblante ; des ruminants alors exécutés par dizaines de millions pour avoir été gavés de farines carnées produites à partir de chairs, d'abats, d'os et de sang récupérés dans les abattoirs, et aussi de placentas humains. Des herbivores changés traîtreusement en carnivores se nourrissant les uns des autres avant d'être à leur tour réduits en partie en farines pour alimenter ceux de leur espèce, et tous finissant dans l'estomac des humains. Un cercle fou, une spirale broyeuse et avalante qui fait de tous, bêtes et hommes, des cannibales. Une explosion d'autophagie qui s'est révélée fatale, et que ceux qui l'avaient provoquée, les hommes imbus de leur pouvoir, de leurs besoins, de leur science, ont fait payer à leurs victimes en les assassinant. La mort en hâte, en rage, en vrac.

Clovis, révolté par ces massacres d'animaux, a parodié une tirade du cynique Edmond, le fils bâtard de Gloucester dans *Le Roi Lear*, pour la mettre en exergue de l'article qu'il a alors fait paraître dans sa revue *Insoumission*, accompagné d'un dessin satirique. « C'est bien là l'excellente fatuité des hommes. Quand notre fortune est malade, souvent par suite des excès de notre propre conduite, nous faisons responsables de nos désastres les vaches, les moutons et les chèvres : comme si nous étions carnivores par nécessité, gloutons par compulsion céleste, empoisonneurs et tortionnaires de bêtes paisibles par obéissance forcée à l'influence planétaire, égorgeurs de ruminants par légitime défense, jamais portés au mal que contraints et forcés par la violence des dieux ! Admirable subterfuge de l'homme putassier : mettre ses crimes à la charge de ses victimes ! » Les animaux exterminés par millions ont en effet été désignés comme responsables de l'épidémie survenue, coupables de l'empoisonnement même qu'ils avaient subi. Et ce sont les vaches infectées qui ont été traitées de folles, taxées de démence dangereuse, tandis que les hommes contaminés pour avoir mangé de leur viande viciée ont reçu une qualification plus noble, celle d'une maladie portant les noms de deux neurologues,

Creutzfeldt et Jakob. Aux bêtes, l'insanité, l'abrutissement et le soupçon de dangerosité. Aux hommes, l'intelligence, le savoir, la science, le sérieux. Faux, outrageusement faux, s'est indigné Clovis, illustrant son propos d'un dessin évoquant un camp d'extermination, les bourreaux humains vêtus tels des scientifiques en blouse blanche, mais portant un brassard SS sur la manche et une casquette noire à tête de bovin ou de mouton mort enfoncée jusqu'aux sourcils, les animaux condamnés au bûcher entassés dans un enclos barbelé, les flancs marqués d'un numéro à nombreux chiffres. Il a intitulé son dessin : *Crime contre l'animalité*.

Pour Rufus, les bûchers gigantesques allumés pendant les épidémies de folie bovine et de tremblante ovine n'ont fait que s'inscrire dans une longue tradition, leur justification a juste ravaudé ses oripeaux, elle les a modernisés en leur donnant un lustre scientifique, mais au fond, rien n'a changé quant au mépris et à la suspicion des humains à l'égard des bêtes, ni à la cruauté désinvolte qu'ils exercent à leur encontre. « Ce qui fut, cela sera, ce qui s'est fait se refera, et il n'y a rien de nouveau sous le soleil ! » avait opiné Monsieur.

Madame Kuang, que tous à présent appellent par son prénom, LiLing, depuis que l'amitié qui la liait à Rufus s'est transformée en relation amoureuse, a cité des vers de Du Fu, mais son intonation est si singulière, son débit si saccadé dès qu'elle offre une traduction de son cru d'un poème chinois, que l'on n'en saisit souvent que des bribes, et l'on ne sait trop qui, du pêcheur solitaire dans sa barque, du vol des grues, de l'arbre, des nuages ou du rocher, se reflète dans l'eau grise de l'étang, et cela permet à chacun de recomposer le poème à sa façon. La diction de LiLing est comme son âge et sa beauté, indéfinissable et troublante, elle détache les sons des mots, leur donne une expansion tout en légèreté, une vibration d'abeille, de feuille, de pétale.

Lucius aussi a beaucoup à redire contre l'homme putassier et violemment déloyal qui inverse les rôles des coupables et des victimes, les responsabilités des crimes et des vices. Il a raconté à Abel comment, pendant des siècles, des procès ont été intentés « en bonne et due forme » contre des animaux, chevaux, cochons, vaches et taureaux, chats, rats et taupes et divers rongeurs, et jusqu'à des insectes et des animalcules tels que des charançons, des sauterelles, des chenilles, des vers, des sangsues... Au mieux, les bestiaux et bestioles étaient excommuniés, ce qui ne devait guère les affecter, au pire, qui était plus fréquent, ils étaient exécutés après une longue procédure judiciaire et surtout de féroces supplices pour les punir des nuisances qu'ils avaient commises. Les plus persécutés étaient les porcins, animaux alors en grand nombre et souvent errants, qui, dans leur sempiternelle quête de nourriture, mordaient parfois des enfants qui mouraient de leurs blessures, quand ils n'avaient pas été d'un coup à moitié dévorés. Un exemple célèbre de ce genre de procès était celui fait en 1386 à Falaise, en Normandie, à une truie coupable d'avoir mangé une partie du visage et d'un membre à un petit enfant. Après jugement, dont on lui avait fait lecture dans la prison où elle était incarcérée, on l'avait accoutrée de vêtements d'homme – une veste, un haut-de-chausses, des bas aux pattes arrière, des gants blancs aux sabots antérieurs –, puis on l'avait menée solennellement au lieu de son supplice, en place publique remplie de monde, dont des paysans sommés de venir avec quelques-uns de leurs bestiaux afin que ces derniers reçoivent à ce spectacle une leçon vigoureuse et dissuasive. Pendue par les jarrets, la truie aux gants blancs avait subi la peine du talion, le bourreau l'avait mutilée aux endroits semblables à ceux où elle avait mordu l'enfant. Il lui avait tailladé une cuisse et tranché le groin, puis appliqué un masque humain sur la tête. Le sang avait pissé dru jusqu'à ce que mort s'ensuive, après quoi le cadavre écharpé avait été traîné autour de la place pour un dernier tour de piste, et enfin livré au feu purificateur. Plus d'un dans l'assistance, à défaut de s'apitoyer sur les souffrances de la truie, avait dû secrètement déplorer ce grand gâchis de boudins, pâtés, rôtis, lard, saucisses, saindoux… Mais la truie, de réservoir à mangeaille, avait été promue corps intouchable à l'instar d'un humain réprouvé, car tenue responsable de ses actes, bien que dénuée de raison et de capacité de discernement. La justice ne s'encombre pas de tels paradoxes, elle peut même les manier avec beaucoup d'extravagance. Ainsi, un animal victime de pratiques zoophiliques de la part d'un homme était brûlé vif, comme son violeur, étant considéré complice de l'infamie sexuelle perpétrée, au moins au titre d'instrument de cette turpitude. Or, s'est alors emporté Lucius, deux siècles et demi plus tôt, Abélard avait écrit dans son traité d'éthique *Scito te ipsum*, que ce n'est pas l'acte commis qui fonde la culpabilité, mais l'esprit dans lequel il est accompli. À aucun de ces animaux on ne pouvait, sans ridicule ou perversité, imputer une intention coupable. Ridicules et pervers, les juges l'avaient été, faute d'avoir médité la théorie morale d'Abélard, beaucoup trop en avance sur les mentalités du temps.

Le rappel du procès intenté à la truie de Falaise et du supplice qui s'était ensuivi a remué Lucius au point que l'idée lui est venue de proposer à son adversaire d'élection de consacrer une *disputatio* à la question du classement des animaux en purs et en impurs, à commencer par le statut contradictoire du porc, consommé par centaines de millions de tonnes dans certaines parties du monde, frappé d'un tabou radical dans d'autres. Trop de passion de chaque côté, dont l'animal, dans les deux cas, fait impitoyablement les frais. Le seul point sur lequel les parties adverses se retrouvent en accord est le mépris dans lequel le porc, mâle et femelle, est tenu. Son seul nom constitue une injure grave, une humiliation, on lui attribue tous les vices dont pourtant seuls les humains se repaissent, surtout la luxure, l'obscénité, la goinfrerie, et une saleté qui ne lui est en vérité pas du tout naturelle ; autant de préjugés indus et absurdes, quels que soient les arguments, scientifiques, symboliques, théologiques ou autres, fournis pour les justifier a posteriori. Lucius soupçonne d'ailleurs que tous ces arguments ne servent qu'à revêtir d'une certaine rationalité un savoir très confus, à parer de sagesse inspirée et de droiture religieuse une cause plus ancienne tenue enfouie comme si elle était honteuse, et qui pourtant fait preuve d'une intuition aiguë : du fait qu'il existe une proximité anatomique et physiologique particulière entre l'homme et le cochon, manger de la chair de ce dernier frôlerait l'anthropophagie. Cette parenté biologique est en effet si étroite qu'elle permet d'effectuer certaines greffes de tissus porcins sur des personnes, et même de déposer un embryon humain dans l'utérus d'une truie le temps que la future mère subisse une opération. Mais Si Bassam n'a eu aucune envie de plancher sur un sujet aussi saugrenu, sinon incongru, et il a décliné la proposition.

Dès qu'il en a eu la possibilité, Clovis a pris sa retraite, il s'est alors consacré à sa triple passion – pour le commentaire critique de l'actualité, pour le dessin et pour l'informatique. Il a créé un blog dans l'esprit de la revue *Insoumission*, disparue quelques années plus tôt, faute de combattants tant côté rédaction que côté lecteurs. Cette disparition avait coïncidé avec celle de Monsieur. Au retour de ses vacances d'été, Rufus avait remarqué après quelques jours de réouverture de la librairie, que le vieil homme n'avait pas reparu. Lui et Lucius s'en étaient inquiétés auprès d'autres clients, mais personne n'avait de ses nouvelles, et surtout personne ne savait où il résidait. On ne connaissait même pas son nom. Tous s'étaient mis en quête de renseignements, auprès des habitants du quartier, des commerçants, des gens de la rue, puis des services sociaux et de l'hôpital, et enfin de la police, mais leurs recherches n'aboutissaient nulle part. Monsieur était un inconnu parti sans laisser de traces. Avait-il voulu prouver une dernière fois la véracité d'un des aphorismes du Qohélet déclarant qu' « il n'y a pas de souvenir d'autrefois, et même pour ceux des temps futurs : il n'y aura d'eux aucun souvenir auprès de ceux qui les suivront » ? Au bout de plusieurs mois cependant, on l'avait retrouvé. Il habitait un studio en demi-sous-sol dans un immeuble situé à la périphérie de la ville. Il était mort dans son sommeil, vêtu de sa gabardine élimée devenue sa seconde peau. Il était demeuré délicat jusqu'au bout, son corps n'était pas entré en putréfaction mais s'était desséché, momifié. Aucune odeur n'avait donc alerté son voisinage qui, d'ailleurs, ne lui avait jamais accordé grande attention. Il était effacé à l'extrême, un homme-ombre qui ne faisait aucun bruit. Une importante fuite d'eau survenue à l'un des étages avait nécessité des travaux dans l'ensemble de l'immeuble, à cette occasion le logement de ce locataire qui ne répondait à aucun appel ni avis glissé sur son seuil avait été visité après forçage de la porte. Les deux frères, Abel, Lucius, Si Bassam et Nawal, et quelques habitués de la librairie s'étaient chargés de ses obsèques. Comme personne ne savait s'il était croyant ou non, et si oui, à quelle religion il appartenait, même s'il s'était si souvent exprimé par voie de citations d'un livre de la Bible, la cérémonie n'avait pas été célébrée dans un lieu de culte mais à ciel ouvert. Devant sa tombe, les membres de l'assistance avaient lu l'intégralité du texte de l'Ecclésiaste, chacun en déclamant un chapitre. LiLing avait été troublée par le verset déclarant : « Ne maudis pas le roi, fût-ce en pensée, ne maudis pas le riche, fût-ce dans ta chambre, car un oiseau du ciel emporterait le bruit, celui qui a des ailes redirait ta parole. » Elle y avait pressenti le secret du vieil homme qui parlait si peu, ne se confiait pas, ne se plaignait jamais, se tenait en retrait, préférant écouter les autres, observer, méditer devant les livres. Un homme de silence qui, lorsqu'il souriait, semblait à la fois faire don de sa présence et s'excuser d'être encore en ce monde, comme s'il y était de trop. Les oiseaux, avait pensé LiLing, n'avaient que ce sourire à emporter au ciel. Le doux Monsieur pouvait partir en paix.

Chacun trouvait dans l'Ecclésiaste un portrait en creux du disparu. Pour Clovis, c'était le passage qui raconte : « Il y avait une ville, petite, avec peu d'habitants. Un grand roi vint contre elle ; il l'assiégea et bâtit contre elle de grands ouvrages. Mais il trouva devant lui un homme pauvre et sage qui sauva la ville par sa sagesse. Or personne n'a gardé le souvenir de cet homme pauvre. Alors je dis : la sagesse vaut mieux que la force, mais la sagesse du pauvre est méconnue et ses paroles, personne ne les écoute. » Il avait écrit un texte d'hommage à la mémoire de Monsieur à partir de cette figure du sage mésestimé, du pauvre méprisé ; son dernier article paru dans *Insoumission*.

À présent, il est seul à bord de son journal satirique, il décide selon son humeur du choix de ses sujets, ou plutôt de ses cibles, du rythme de ses publications, et travaille avec d'autant plus d'allégresse qu'il est insoucieux du nombre des lecteurs, n'ayant de comptes à rendre à personne, aucun endettement à craindre. Pourtant, les lecteurs de son blog signé *Clovis, roi des francs-tireurs* se sont vite révélés plus nombreux et réactifs que ceux de la défunte revue. En exergue, il a placé une phrase extraite des *Carnets du sous-sol* de Dostoïevski : «Je pense que la meilleure définition de l'homme est la suivante : créature bipède et ingrate. Et ce n'est pas tout encore; cela n'est pas son défaut principal. Son défaut principal est sa mauvaise conduite perpétuelle, constante.» Pas si éloigné que ça des constats désabusés du Qohélet, finalement. Certains de ses articles, et parfois dessins, lui valent des salves de bravos autant que d'insultes; dans les deux cas, la plupart des gloses lui semblent assez idiotes, et souvent mal exprimées, criblées de fautes d'orthographe et de syntaxe, ce qui a le don de l'énerver. Au début, il s'est amusé à répondre à ces lecteurs enthousiastes ou furieux, puis cela l'a lassé. Qu'on l'applaudisse ou l'injurie, il s'en fout. Les mécontents et les grincheux n'ont aucune obligation de lire son blog. Qu'ils s'initient donc un peu à l'art de la *disputatio*, tous ces aboyeurs.

Lorsque, à la suite d'une critique cinglante qu'il a publiée sur des dignitaires religieux de diverses obédiences, accompagnée d'une caricature les représentant tous accoutrés d'un nez grotesque, l'un de Pinocchio menteur, un autre en forme de kalachnikov crachant furieusement sa mitraille, l'un d'une trompe d'éléphant pompant goulûment de l'argent, un autre d'une flûte semblable à celle du joueur de Hamelin qui avait charmé les enfants de la ville pour les égarer à jamais, un autre encore d'une trompe de moustique suçant le sang d'esclaves, il a reçu des menaces de représailles pour outrage et blasphème, certaines allant jusqu'à l'appel au meurtre, il a répondu par un texte et un dessin encore plus railleurs et irrévérencieux à tous ces blablatoblogueurs pleins de hargne, et il est passé à un autre sujet. Ça ne l'intéresse pas de ferrailler avec les cons rageurs, il se contente de tourner en ridicule la bêtise ambiante, de dénoncer les impostures et les abus de pouvoir. Il a désactivé le lien «envoyer vos commentaires» et ne se soucie plus des échos discordants qu'il suscite.

Et puis, à ses trois passions est venu s'ajouter un amour, une femme aussi ronde de visage et de corps que de caractère, douée d'un sens de l'humour et d'une pétulance qui l'enchantent. Il l'a rencontrée dans la rue, un matin d'automne. Un homme, assis sur un pliant, jouait de l'accordéon, enfilant des mélodies standard. Clovis marchait sur le trottoir où se tenait le musicien, la femme passait sur celui d'en face. Quand l'homme a amorcé l'air de *La Paloma*, la passante a pilé, elle s'est retournée et a traversé la rue, et là, à quelques pas de l'accordéoniste, elle s'est mise à danser. Mais on ne danse pas seule un tango, aussi a-t-elle avisé le premier quidam qui se trouvait à proximité et, avec autant de grâce que de culot, elle a convié Clovis à être son partenaire le temps de *La Paloma*. Bien que piètre danseur, il s'est laissé embarquer dans ce tango impromptu, aussitôt suivi de plusieurs autres, l'accordéoniste enchaînant les airs sans interruption, ce spectacle l'amusant et lui donnant du pep.

Décidément, s'est dit Clovis, les femmes qui surgissent tout à trac dans sa vie, le saisissent par le bras et l'entraînent à leur suite, sont des fées délicieuses. Et comme il avait surnommé Zonka sa fille-surprise, il a appelé Paloma la danseuse improvisée. Mais celle-ci ne s'est pas échappée sitôt rencontrée, ainsi que l'a fait Zonka, qui, après de nombreux va-et-vient, est partie travailler sur un paquebot transatlantique en tant que cuisinière. Cette existence maritime lui convient si bien qu'elle est en manque de large dès qu'elle revient à terre, elle a alors le mal de l'immobilité, elle tangue sur le socle ferme. Paloma n'a nul besoin de prendre la mer pour se sentir au large, elle sait très bien inventer du mouvement autour d'elle, créer partout de l'espace.

La maison connaît un nouveau chamboulement, les frères la divisent en deux parties séparées, l'une pour Rufus et LiLing, l'autre pour Clovis et sa compagne.

Abel se retire au fond du jardin, dans le pavillon en bois qu'il a retapé. Le haut mur d'enceinte auquel le pavillon est adossé est percé d'une porte, à peine visible dans le fouillis de lierre, de chèvrefeuille et de rosiers grimpants enchevêtrés aux pierres. Cette porte donne sur une ruelle, qui d'un côté mène vers une zone industrielle, de l'autre vers la ville. Sa vie avance à contre-courant de celle de Clovis et de Rufus. Il a commencé un nouveau travail quand les deux autres ont cessé leurs activités salariées, il vit seul, ses relations amoureuses ne durent jamais longtemps, eux s'installent en couple après des décennies de célibat. Il a cependant une compagnie féminine, composée de portraits de jeunes filles et femmes représentées de face ou de trois quarts, toutes très brunes, semblablement coiffées, certaines parées de bijoux d'or ; leurs yeux sont immenses, leurs iris pareils à des gouttes de lave. Des beautés muettes, dont le regard humide de lumière noire, lustré de songe, de douceur, frissonne de vie en suspens. Des visages peints sur des planchettes de cèdre, de sycomore, de tilleul, ou sur des toiles de lin. Sur le bois d'un cercueil, le tissu d'un linceul. Des beautés fragiles et souveraines, regard ouvert à fleur de mort, bouche close sur un appel infiniment discret. Le jour où Abel a découvert ces images dans la librairie *Sic et Non*, il a été saisi d'étonnement, de ravissement : à la croisée de ces portraits, le visage d'Izra lui est apparu. Lucius lui a offert ce livre orné de planches en couleurs de portraits du Fayoum.

Il n'est jamais allé à l'école, son éducation s'est faite par correspondance, et surtout entre la maison, la librairie de Lucius et la quincaillerie de Si Bassam. Ses maîtres ont été les personnes qui l'entouraient, une poignée d'hommes et de femmes un peu loufoques, chacun puisant dans ses propres connaissances pour lui en inculquer le meilleur, avec souvent une forte coloration passionnelle. Au début, Abel recevait cet enseignement en éclats sans recul, sans grande compréhension, il lui fallait du temps à la suite de chaque cours informel pour tenter de saisir ce qui lui avait été dit. Certaines matières lui semblaient si abstraites, comme les mathématiques, la logique, d'autres prodigieuses mais énigmatiques, comme la physique, la géographie, la chimie. Il en est d'ailleurs resté en ces domaines à un stade très élémentaire. L'histoire lui inspire un intérêt brûlant, entre admiration et terreur, tant le courage, les admirables élans d'inspiration, d'ingéniosité et de créativité des hommes rivalisent avec leurs emportements de haine, de cruauté, leur fureur de destruction. Ils érigent des splendeurs, puis les saccagent, ils donnent la vie, en prennent un soin extrême, soudain la foulent aux pieds, retranchent des populations en masse, ils luttent pour la liberté, mais sitôt conquise, ils la renient, s'aliènent à de nouveaux tyrans, ils dévastent la Terre avec une inconscience euphorique et, s'y sentant finalement à l'étroit, ils rêvent d'étendre leur empire dans l'espace cosmique où ils ne manqueront pas de répandre leur pollution, leur violence, leurs méfaits. Ils ont d'ailleurs déjà commencé, la Lune est souillée de déchets abandonnés par ses visiteurs humains, et par dizaines de milliers, des débris de fusées, de satellites hors service, des outils échappés des mains d'astronautes sortis de leur station spatiale pour effectuer des réparations, flottent dans l'espace, petits bolides que la vitesse orbitale rend d'autant plus dangereux. Et si jamais ils découvrent d'autres êtres animés sur une planète de leur aire cosmique, ils risquent fort de vouloir les réduire en esclavage, voire de les exterminer, comme ils l'ont si bien fait entre eux, et avec les animaux. Certains jours, en prenant connaissance de l'actualité ou de bas faits du passé, il ressent une honte cuisante d'appartenir à l'espèce humaine. La plus féroce des bêtes sauvages paraît inoffensive en comparaison, sa nuisance reste limitée et dénuée de calcul, d'orgueil et de duplicité. Il est d'ailleurs souvent irrité par la paresseuse habitude qui consiste à s'insulter mutuellement à coups de noms d'animaux, fils de chien, sale punaise, peau de vache, poule mouillée, gueule de rat, vieille chouette, gros porc, face de crabe, grande bécasse ou pauvre dinde, vipère lubrique, morue, blaireau, charognard, âne bâté et triple buse, maquereau, butor, vieux bouc... la liste est longue, elle n'épargne aucune espèce, du plus petit insecte au plus grand fauve, épinglant chacun à l'un des vices qui n'appartiennent pourtant qu'aux hommes. Ce recours aux animaux pour défouler sa rage, sa peur ou son mépris, et tout autant pour les exciter, s'il est diffus dans le langage quotidien, se concentre à l'excès dans certains films d'horreur et jeux vidéo où telle espèce d'oiseaux, telle catégorie d'insectes ou de mammifères allant du chat au singe est diabolisée.

Et si la pire injure pour un animal était d'être traité d'humain ? Mais ce rapace qui fond sur sa proie, c'est un tueur professionnel ! Ce tétra en parade nuptiale qui gonfle à outrance ses sacs vocaux en gloussant et en claquant des ailes à grand bruit, c'est un tribun s'enivrant de sa grandiloquence ! Ces loutres mâles qui harcèlent les femelles, les brutalisent et les mordent avant de copuler de force avec elles, des hommes en rut, des violeurs ! Ces fauves embusqués attendant l'instant propice pour attaquer leur victime et l'écharper, de féroces politiciens, et ces sangsues et ces tiques qui se gavent sournoisement du sang des autres bêtes, d'implacables financiers spéculant dans l'ombre et dévalisant à petit feu les ressources des autres ! On pourrait dérouler indéfiniment la liste des comparaisons, mais cela ne présente au bout du compte aucun intérêt, ce n'est qu'un jeu verbal, les animaux et les humains, quelle que soit leur parenté, ne peuvent pas être confondus et tomber sous les mêmes jugements, les premiers vivent en paix avec leur finitude, en droite conformité à leurs instincts, en plein accord avec le monde, ils vivent la vie en plénitude, les seconds, taraudés par l'idée d'infini, sont en lutte avec leur finitude, en conflit constant avec leurs instincts qui n'en prennent pas moins le dessus la plupart du temps, en violent désaccord avec le monde, ils vivent la vie par à-coups plus ou moins réussis. Les premiers n'ont ni mérite ni tort à être doux ou sauvages, innocents ou nuisibles, les seconds sont responsables de leur malveillance, de leur malfaisance, de leurs perversités, de leurs crimes. Abel se sait humain et se veut tel, mais il sent battre en lui un sang commun à tout vivant.

Plus il avance dans le territoire des mots, plus celui-ci s'évase, s'accroît, il s'accidente, il se creuse ou s'élève. Il y a des moments où Abel oscille entre angoisse et vertige devant cette immensité qui lui semble en écho à l'infinité de l'univers – en expansion continuelle. Et puis, comme en tout ce que l'homme invente, et qui à mesure le constitue et le transforme, il se trouve tellement d'ambivalence dans le langage, la beauté y prend racine et essor autant que la hideur, la bonté que la haine, la grandeur que la bassesse, le sens que le non-sens. Même les mots les plus simples et limpides peuvent être obscurcis, distordus, et les plus francs, circonvenus. Lui, il parle peu, il préfère écouter, il pèse les mots, ceux qu'il emploie et ceux des autres, les interroge. Ses phrases sont courtes, sa voix toujours un peu sourde, à la fois lente et vite heurtée, à la limite du bégaiement dès qu'il s'aventure dans une discussion. Mais lorsqu'il est seul, il parle beaucoup – en silence, au-dedans de son corps, de sa tête, de sa bouche. Comme les portraits du Fayoum, peut-être. Il ressasse les mots, les tourne et les retourne, les suce longuement ainsi que des noyaux de fruits, jusqu'à l'amande. Le langage se fond et se mêle à son sang, à sa chair, il irrigue son cœur, son esprit, il innerve ses sens, les éclaire, les affine, parfois il les assombrit, les assourdit, les blesse. Et seul, il l'est souvent, son travail le met davantage en relation avec les arbres, les plantes et les bêtes qu'avec ses congénères. Il est à présent jardinier dans une ménagerie située hors de la ville, elle abrite peu d'animaux, divers oiseaux et quelques espèces naines d'ânes, de sangliers et de chevaux, de chèvres, d'antilopes et de wallabies. Il entretient les pelouses étendues autour des enclos et des cages, taille les haies et les buissons qui agrémentent l'espace, plante des fleurs en massifs, désherbe les allées et les nettoie de tous les déchets laissés par les visiteurs. Le personnel étant insuffisant, Abel est souvent requis pour assumer en prime la fonction de soigneur.

Il apprend vite, son intuition pallie son manque de formation. Mais quelles que soient les compétences dont il fait preuve, aucune responsabilité ne lui est confiée, et son avis, quand il se risque à le donner, n'est pas pris en compte. Certains se moquent de son excès d'empathie pour les animaux, chacun à sa place, lui rappelle-t-on, pas de sensiblerie. Précisément, objecte-t-il, la place des oiseaux et des mammifères ne se trouve pas derrière des barreaux, pas davantage que celle des hommes ; ce constat ne relève d'aucune sentimentalité mais de l'évidence, et de l'équité. De surcroît, sous prétexte qu'ils sont de taille réduite, les quadrupèdes sont enfermés dans des enclos trop exigus, où l'on a disposé des rochers en béton et des tronçons d'arbres morts en guise de décor, et où ils piétinent un sol poussiéreux ou boueux, selon le temps. Les cages des oiseaux sont elles aussi trop petites, aucun ne peut y déployer pleinement son vol, surtout les rapaces de grande envergure. Il s'attarde parfois le soir après le départ des visiteurs puis de ses collègues pour passer un moment auprès de quelques-unes de ces bêtes, celles dont il a remarqué que le besoin de compagnie était en souffrance, ou celui de jouer plus développé que chez d'autres. Un âne au pelage gris cendré, une chevrette, un sanglier brun-roux, et un couple de dik-diks aux longs museaux élastiques toujours en train de frémir. Elles le reconnaissent de loin et s'approchent au petit trot du grillage pour l'attendre, lui lançant leurs appels, chacune de sa voix vibrante de vie, d'impatience, de sensibilité.

La corneille vient quotidiennement survoler la ménagerie, à des heures variables. Elle tourne au-dessus des volières, des enclos, elle ne se pose jamais sur le sol, seulement en hauteur dans les arbres, ou sur l'épaule d'Abel, comme si elle se méfiait de ce lieu et craignait de finir encagée à son tour. Après un moment, elle repart vers ses aires.

Tassée sur elle-même, à demi assoupie sur l'épaule d'Abel, elle sursaute, relève et oblique brusquement la tête vers lui, ouvrant grand son bec pour émettre tout contre son oreille un râle sourd, puis elle s'envole. Il la regarde s'éloigner, filer comme à l'accoutumée à basse altitude en vol battu, régulier. Un vol à présent alenti et alourdi par l'âge. Doudi lâche son cri de rouille, trois fois de suite, et elle sort de son champ de vision. Rien de singulier dans ce comportement qui est le sien depuis plus de vingt ans. Pourtant, Abel sent que quelque chose d'inhabituel se passe, comme si la corneille rayait le bleu du ciel, laissant derrière elle une fissure rectiligne. Une fêlure invisible dans l'air, sur la peau du temps, et celle de son cœur. Une ultime signature, tracée à l'horizontale cette fois, immatérielle. Il regarde longtemps dans la direction qu'elle a prise ; qu'importe qu'elle ait disparu et qu'il n'y ait plus rien à voir, même alors, il reste quelque chose à contempler – les nuances de bleu du ciel, de lavande à turquoise et outremer, et cette trouée safran dans la mêlée des nuages, les silhouettes des arbres, la ligne onduleuse de l'horizon. Il a envie de l'appeler, « Doudi ! Doudi ! », de lui adresser un signe de la main, mais il ne crie ni ne bouge. À quoi bon, à une telle distance. À quoi bon, surtout, en cet instant ; la corneille n'a plus besoin de lui, ni de quoi que ce soit, elle largue tous les liens la rattachant à la vie, dont celui du nom qu'Abel lui a donné.

Alors le nom déserté éclate en une profération muette qui se mêle à sa respiration, la dilate progressivement comme si ce nom battait des ailes, oiseau de souffle dans son corps, bouffée de vent dans son esprit. Ces remuements ébranlent sa mémoire, et des odeurs, des sons, des saveurs, des images se soulèvent en lui, se répandent par lentes vagues dans ses sens. Odeur de paille fraîche et de soleil, odeur douceâtre de peau tiède et de lait, odeur de fumée au goût de sucre et de coing. Couinements et grognements, bruits d'insectes, caquètements, alternance d'aboiements, de ramages et, plus confus, de voix, de meuglements, de bêlements. Roseur et chaleur d'un grand ventre soyeux. Ronflement crescendo, stridences et fracas, et tous les bruits familiers distordus dans le silence retombé. Un silence enfumé, âcre, qui sent la chair brûlée, la poussière, le sang. Fraîcheur de l'eau sur une plaie. Les sensations se succèdent en Abel à un rythme uniforme, chacune réverbérant un peu de sa tonalité sur la suivante, sans l'altérer. Odeurs de sous-bois, de racines, de terre humide, et un chantonnement confondu à des caresses, *do di dodila dodidou…*, yeux bleu de lin, *doudi doudilou…*, goût de lait fade, aigrelet, d'eau grise, salée, *doudi dodilou doudila… ffais… fffou doddenfffant…* Voilà que ça fredonne en lui, voix ténue, souffle au bord de l'épuisement, chuchotis de vent dans les herbes, froissements de feuillages, bribes de sifflements d'oiseaux, clapotis d'eau sous la mousse… le fredon est une discrète polyphonie qui tourne autour du nom de Doudi.

Doudi, juste un nom balbutié, bégayé, mais la corneille ne se montre pas, elle n'apparaît pas dans le flux d'images sonores et odorantes qui s'écoule de la mémoire d'Abel. Un autre animal apparaît, daine ou biche, il ne sait trop, mais il sent la chaleur de son corps, les frémissements de ses flancs, de ses oreilles. Un corps de grâce et de vivacité constamment en alerte. Des claquements secs. Il la voit qui s'effondre, et cesser de frémir. Un goût de poudre, de suint, de sang emplit d'un coup son nez, sa bouche. Des bruits encore, brutaux, des cris, des tirs. Une rivière. Il a froid, il ruisselle, se débat dans des remous. Et à nouveau la terre ferme, jonchée de débris sous un ciel serein, une lumière drue. Des troncs, des membres humains épars, des cheveux flottant dans le vide, des murs écroulés, des blocs de pierre, des arbres déchiquetés, une aigre pestilence. Il ressent tout cela dans sa chair avec une netteté si aiguë qu'elle en est épuisante, douloureuse presque, mais il ne se discerne pas davantage que la corneille dans ce dévidement d'images sensitives, et il ne comprend pas. Si ni lui ni Doudi ne figurent dans ce spectacle intérieur, en quoi cela le concerne-t-il ? Et pourtant, il reste là, planté devant le ciel dont le bleu se fonce, immobile et tendu face à l'épanchement soudain de sa mémoire. Mais peut-être ne s'agit-il pas là de souvenirs, pense-t-il vaguement, il ne fait que rêver debout, à demi éveillé.

Quoi qu'il en soit, chaos de rêve ou crue de mémoire, le défilé se poursuit à un rythme accordé à sa respiration. Passent des animaux, une poule, un chat tigré, une chevrette blanche, une corneille. Abel esquisse un mouvement dans l'air, il voudrait arrêter cette image, la scruter en détail, mais elle glisse et s'efface à la même cadence que les autres. Celles qui suivent ressemblent aux précédentes, des corps mutilés, encore, des maisons ravagées. Et se dresse un miroir, haut, en plein air. Abel s'avance vers lui, mais la surface se brouille, il ne s'y réfléchit pas. Doudi, si. Elle s'est perchée sur le rebord et se tient penchée, picorant son reflet avec vigueur ; une véritable prise de bec. Des hommes surgissent, une cohorte en désordre, mi-muette mi-braillarde. Ils entrent dans le miroir, s'y dissolvent les uns après les autres. Des détonations en cascades retentissent de l'intérieur de la glace, comme si son tain était un amalgame acoustique. Le miroir se renverse, il éclate, s'étale en mare pourpre. Ça pue la fange, la vinasse, le sang.

La nuit tombe sur la mare, sur la terre, tombe sur

les épaules d'Abel, elle lui glace le cœur, elle bouge dans son ventre en un lourd clapotis, elle lui cingle les reins, le pousse il ne sait où. Il marche, marche à bout de souffle, il fuit au hasard. Il s'enfonce dans un fourré, une puanteur de charogne le saisit, l'enserre, elle lui griffe la peau, la lui pénètre. Cette étreinte olfactive est si violente qu'elle le renverse sur un flanc, elle se fait bagarre, pareille à une lutte amoureuse mais à la vie à la mort, il roule d'un côté, de l'autre, il se bat avec cet assaillant tapi dans l'ombre, jailli du sol, cet agresseur presque sans poids mais doué d'une force terrible et qui gémit, ahane, claque des dents, mâche la boue de sa salive mêlée de pus, de larmes, de sueur, s'accroche à lui, le mord, le lacère de ses ongles. Abel voit la scène au ralenti, elle se joue au creux de ses prunelles, mais il y a tant de pénombre qu'il ne parvient pas à distinguer l'aspect des combattants, pas même à repérer lequel des deux il est. Le double corps des lutteurs s'effondre tout d'une masse, quelque chose craque sous son poids – des branches, des os, la terre, le temps, le monde, il ne sait pas. Peut-être est-ce ce corps enchevêtré qui se casse, se disloque, se disperse en fragments. Il s'endort sur cette litière à la fois dure et visqueuse. Et la nuit entre en éruption, elle prend feu dans son bas-ventre, elle fulmine le long de ses vertèbres, elle se pulse dans son cœur, déferle dans ses membres, elle lui embrase paumes et plantes ; elle éclabousse sa tête du dedans, elle mugit dans sa bouche. Un cri monte en lui, s'aiguise en stridence, mais avant d'atteindre ses lèvres il se tord, s'assourdit, et s'échappe en un faible gémissement.

Alors se produit un énorme ressac, toutes les visions qui ont défilé dans ses yeux refluent en masse et d'autres images surgissent, qui lui sont inconnues ; un garçon en est chaque fois le centre, il apparaît à différents âges, seul ou en compagnie d'autres personnes, tout petit dans les bras d'une femme, garçonnet juché sur les épaules d'un homme, gamin jouant avec d'autres enfants, dans une rue, une cour d'école, un stade, il mange une glace vert pistache, il joue de la guimbarde, il rit, il file à mobylette sur une route bordée de grands arbres dont les branches forment un arceau, il danse dans la lumière bleu acide d'une boîte de nuit, il plonge d'un rocher dans une rivière, il mange des fraises dans les mains d'une fille, il court sur un chemin aux côtés d'un chien roux, il se bagarre avec un autre garçon, il joue aux cartes avec des amis, il saute à l'élastique du haut d'un pont, il chante, il… Les tableaux se succèdent, petites scènes banales de la vie d'un garçon ordinaire qu'Abel n'identifie pas, dont il ne discerne même pas les traits alors même qu'il le voit évoluer dans son regard.

D'un coup le garçon sort du tableau qui suit, un homme y prend sa place, un homme que l'on bouscule, que l'on pousse dans un groupe d'autres hommes rassemblés contre un mur, et que l'on fusille avec eux. Les images s'accélèrent, le garçon court dans un bois, court à perdre haleine, comme s'il voulait sortir à tout jamais du champ du visible. Il tombe, ses mollets saignent, il rampe à la seule force de ses bras, il roule sous un entrelacs de branches, s'y recroqueville. Il geint, et sa plainte haletante se meurt dans la bouche d'Abel.

Le temps qu'il reprenne sa respiration, une nouvelle image survient. Des baies posées sur une pierre moussue, des vermeilles, des violettes, et cette petite airelle noir acidulé qui brille ; l'œil de Doudi dardant sur lui son regard. Dans ce miroir minuscule, Abel entrevoit une forme, miniature elle aussi. Lui-même. Enfin il s'aperçoit, se reconnaît. À nouveau il sursaute, amorce un mouvement de la main pour saisir l'image, l'explorer, si possible tenter de l'agrandir. Elle ne dure pas plus, pas moins, que les autres. Mais elle est la dernière du défilé qui vient de se dérouler dans ses yeux. La dernière, à peine perceptible tant elle est réduite, et pourtant elle lui brûle le regard, une braise dans sa mémoire. Une des phrases du Qohélet qu'aimait citer Monsieur lui revient à l'esprit, tout bas, en douceur : « Le sort de l'homme et le sort de la bête sont un sort identique : comme meurt l'un, ainsi meurt l'autre, et c'est un même souffle qu'ils ont tous les deux. La supériorité de l'homme sur la bête est nulle, car tout est vanité. Tout s'en va vers un même lieu : tout vient de la poussière, tout s'en retourne à la poussière. Qui sait si le souffle de l'homme monte vers le haut et si le souffle de la bête descend en bas vers la terre ? » Cette question résonne en lui, s'y diffracte. Qui sait où va le souffle des vivants dont le corps retourne à la poussière, qui sait si celui de chaque humain monte vers le haut ou si certains s'éteignent et s'engluent dans la boue où, leur vie durant, ils se sont complu ? Et qui sait si le souffle des bêtes défuntes ne se répand pas en brume légère et en rosée à fleur de sol, s'élevant parfois en brise tiède et vivifiante ? Oui, le destin de tous les vivants est égal, vient pour chacun l'instant où la vie s'échappe de lui, où il cesse de respirer le temps, le monde, et, pensant cela, Abel sent la tiédeur de l'air qui soulève sa poitrine à un rythme régulier, il entend le tambourinement cadencé de son cœur, le bruissement du sang qui circule à travers tout son corps. Mais d'où lui viennent ce souffle et ce sang en mouvement continuel depuis sa naissance ? Qui lui en a passé le relais ? Ses sensations internes sont si aiguës qu'elles fusent en interrogations dans son esprit ; sentir et penser s'entrelacent si fort qu'ils ne font plus qu'un en lui.

Il tremble de froid, il se sent épuisé comme s'il avait couru pendant des heures, ses genoux ne le portent plus, il s'assoit sur l'herbe mais aussitôt son corps bascule sur un côté et il tombe en état de torpeur. Il ne fait aucun rêve, ni images ni pensées ne lui passent par la tête, mais sa réceptivité sensorielle s'exacerbe. Son oreille collée contre le sol perçoit des bruits montés des tréfonds terrestres – des grondements de feu, de sourds clapotements de roche liquide, des craquements et des remous visqueux. Son oreille tournée vers le ciel discerne d'immenses chuintements de vents portant des échos lointains de turbulences cosmiques, de collisions galactiques et d'explosions stellaires. Et, entre ces deux rumeurs, se ressasse et se brasse celle de son propre sang, flue et reflue sa respiration. Il ne dort pas, il se tient au croisement de vibrations de forces, de pulsations de vie.

Ce sont les bêtes qui donnent l'alerte. Abel est tombé non loin des enclos des wallabies et des dik-diks, qui sont les premiers à sentir qu'il se passe quelque chose d'insolite, comme si les sons mats, les martèlements et les trépidations perçus par le corps couché en chien de fusil dans l'herbe les atteignaient. Les wallabies se mettent à bondir en accéléré et les petites antilopes à galoper en zigzag tout en sautant et en poussant leurs cris d'alarme. Leur inquiétude se propage alentour, chaque animal est arraché à son engourdissement de captif et manifeste un comportement de désarroi, de folle impatience, courant en tous sens, fuyant en rond faute d'étendue, lançant braiments, bêlements, hennissements et grommellements. Aussi réduits soient-ils par la taille et diminués par l'enfermement, ils éprouvent un brusque et puissant besoin d'espace, d'accès au large minéral et végétal.

L'évanouissement prolongé d'Abel, bien qu'inexpliqué par les médecins qui l'examinent à l'hôpital où il a été transporté, n'est pas jugé dangereux pour sa santé. Il est un homme dans la force de l'âge, qui mène une vie saine et ne présente aucune anomalie organique, aucune déficience motrice, aucun trouble mental. Un grand coup de fatigue, voilà tout, et on lui donne quelques jours de congé de maladie. Mais il n'envisage pas de revenir à la ménagerie, ce lieu lui est désormais insupportable. Un emploi de jardinier, il en retrouvera un facilement ailleurs. Ce qui arrive, en effet, et bientôt il quitte le pavillon en bois, la ville, il change de région, il se détache de ses amarres. Il sort du carré vital qu'avaient tracé autour de lui Ghirza et Yelnat, ses accoucheurs, Clovis et Rufus, ses tuteurs, il en sort par la trouée que la corneille a ouverte en s'en allant vers le lieu où s'en retournent tous les vivants. *Do di dodila dodidou, dors en paix mon bel enfant, doudi dodilou doudila…* Pour la première fois, il va seul. Son soutien désormais est cette percée.

Il habite en plein champ, dans une ancienne grange à fourrage transformée en maison ; une partie seulement a été aménagée en habitation, l'autre est un local destiné au stockage de matériel horticole. Le champ est attenant à la pépinière où il a été embauché comme ouvrier et comme gardien, en léger surplomb de quelques hectares de serres. Parmi les multiples fleurs cultivées, il remarque une espèce qui réveille en lui une émotion ambiguë. La première fois qu'il a vu une de ces fleurs, c'était dans la caravane de Ghirza, quand celle-ci était rentrée tard dans la nuit. Il l'avait attendue avec tant d'inquiétude que son retour l'avait follement réjoui, elle tenait à la main une haute tige couronnée d'un soleil bleu à cœur violet, et cette beauté l'avait émerveillé, il l'avait sur le coup associée à sa joie des retrouvailles. Mais presque aussitôt cette joie avait été renversée, comme la centaurée couchée sur la table puis pendue tête en bas à un crochet, Ghirza l'avait rabroué sans raison et le lendemain elle lui annonçait qu'il devait partir, pour toujours. Éblouissement et chagrin sont restés pour lui vivacement liés à cette fleur-soleil nocturne. Il en plante un massif derrière la grange.

Il se réveille tôt, sa première pensée est toujours pour Doudi, il tourne la tête vers la fenêtre, dans l'attente de la salutation rituelle. L'attente se dissout lentement, comme l'obscurité derrière les carreaux à mesure que le jour se lève. La fenêtre reste vide, mais la clarté qui s'y répand est à sa façon un salut. Rufus appelait les fenêtres des pupitres, et c'est juste, elles servent de support à la lumière autant qu'aux ombres, mais elles sont aussi des palimpsestes où des images effacées font retour, à peine et fugacement, mais assez pour raviver la mémoire, revivifier la présence de l'absent. Le bleu des centaurées, dont la teneur en mauve, en rose pourpre ou en violet change au fil des heures selon l'épanchement et l'intensité de la lumière, est aussi une salutation muette adressée à Ghirza, à Izra, à Yelnat. Avec Clovis et Paloma, Rufus et LiLing, le lien reste bien ancré dans le quotidien, ils se téléphonent souvent, échangent des courriels et des textos, et Abel consulte régulièrement le blog tenu par Clovis, *roi des francs-tireurs*, vieux roi frondeur dont l'âge ne calme pas les transports de colère, l'esprit critique et la verve railleuse. Il est vrai que l'actualité lui fournit à foison matière à s'indigner et à satiriser. Un peu trop, d'ailleurs, et il avoue ressentir de plus en plus de lassitude devant le ressassage de la bêtise, de la fatuité et de la malfaisance d'une partie de ses congénères. Son dernier article est consacré aux naufrages des migrants fuyant la misère, la famine, les persécutions, sur des embarcations pourries conduites par des trafiquants d'humains. Son dessin représente ces passeurs en nochers des enfers debout à l'avant de ces bateaux surchargés de fret humain, qu'il nomme des « humainiers », comme il existe des navires baleiniers, thoniers, morutiers, langoustiers ou sardiniers.

Clovis en vient parfois à douter d'être le contemporain de tel ou telle de ces politiciens cyniques qui discourent la bouche en cul de papa-maman-poule, se déclarant soucieux de leurs concitoyens dont ils n'ont en vérité rien à foutre et qu'ils grugent et bafouent à l'envi, ou de ces guignols experts en ceci littéraire, économique ou sportif, en cela politique, artistique ou religieux, qui ont pignon sur tous les écrans et les ondes où ils pérorent avec complaisance, et plus encore des va-t-en-guerre de tout poil et des fanatiques de toute obédience. Tous ces gens lui semblent hors temps, ou plutôt attardés, d'affligeants duplicatas d'antiques satrapes, de courtisans et de faux maîtres à penser, de convulsionnaires de la foi et d'exploiteurs de croyances archaïques, tous colorisés au goût du jour, mais certains atteignant un taux d'abjection extrême, comme ces semeurs d'effroi et de malemort qui sont si fiers des destructions, des supplices et carnages qu'ils perpètrent en série qu'ils les filment pour stupéfier le monde – horrifier et terrifier les sottes âmes sensibles, enhardir et exalter les âmes avides d'héroïsme féroce, impatientes de pouvoir torturer à loisir, tuer en toute impunité. Et ça marche, un peu partout se lèvent des candidats galvanisés par ces spectacles de cruauté qu'ils ont regardés en boucle sur leur écran, c'est mieux que les jeux vidéo, les victimes sont de chair, de nerfs et de sang, pas en pixels, elles souffrent pour de vrai, la jouissance de les zigouiller après leur avoir infligé une forte dose d'humiliations et de tortures n'en est que plus grande. Chaque époque et tout pays a son lot de tels bourreaux, le stock est toujours bien fourni, constamment renouvelé. Clovis se sent plus proche de quelques personnages du passé dont les actes, les œuvres, les écrits lui parlent plus intimement que ceux de certains guignols qui gesticulent aujourd'hui sur le devant de la scène mondiale. Sont ses contemporains ceux qui ont fait et font preuve d'une intelligence sensible de la vie, de folie douce et novatrice, de droiture et d'humour. Il compte ainsi pas mal d'amis à travers les siècles et les continents, et beaucoup d'ennemis en détestable activité dans son siècle. Mais ses amitiés ne sont pas toutes confinées au passé, il en a aussi de vives au présent.

Ces amis-là, Paloma et LiLing les convient à la fête qu'elles préparent pour célébrer le prochain anniversaire des deux frères qui vont entrer dans leur septième décennie. Soixante-dix, un nombre dense, considéré comme marquant l'accomplissement d'un cycle évolutif selon une tradition, ou correspondant à la durée des jours d'un roi, selon une autre. Paloma mêle toutes les symboliques et y ajoute celle des noces de platine, les jumeaux formant un vieux couple fraternel, ils ne se sont guère quittés depuis leur naissance au quasi-coude-à-coude, mis à part quelques années de séparation durant leur jeunesse. Et puis, c'est un métal précieux, le platine, dit-elle, et formidablement tenace, il résiste au ternissement, à l'abrasion, la corrosion, l'oxydation, et il est un excellent catalyseur. Elle trouve que ça leur va bien, aux deux frères. Un anniversaire de platine, donc, et elle s'active en conséquence. Elle a téléphoné à Abel pour lui demander de se charger des fleurs, qu'il vienne avec des plantes aux couleurs solaires comme celles des lampions en papier de riz et des lanternes volantes que LiLing prépare, Lucius est préposé au vin, elle-même et Nawal s'occuperont de la cuisine, un grand buffet aux saveurs variées, des grillades de poisson, des tajines de légumes, et elle a engagé pour la soirée l'accordéoniste qui avait présidé à sa rencontre avec Clovis. Bal musette sous des lampions chinois dans des fumets de daurades à la coriandre et au cumin, des arômes de vins aux bouquets de sous-bois et d'épices, des odeurs de cannelle, de sésame grillé, de miel et de fleur d'oranger, de mijotées de fruits… elle savoure à l'avance les mets, les vins, la musique, le plaisir de danser, de rire.

Les cadeaux sont déjà prêts, emballés et entreposés dans le pavillon, sur le lit où dormait Abel, camouflés sous une couverture pour tenir à distance la curiosité de leurs destinataires. Des cadeaux complémentaires, un télescope Newton et un livre de cartographie recensant les cartes que les hommes ont dressées de la Terre, de l'Antiquité à aujourd'hui en passant par Strabon, Ptolémée, le Moyen Âge, la Renaissance…, un ouvrage magnifiquement illustré, déniché par Lucius. À Clovis, le télescope. Paloma a décidé de le prendre au mot quand il a récemment déclaré, après l'annonce de nouveaux abattages de populations accompagnés de saccages archéologiques commis par la horde des exterminateurs qui n'en finit pas de nuire, que bientôt il ne resterait plus que le ciel à contempler et la mémoire cosmique à questionner si on n'arrêtait pas ces dévastateurs animés par la haine de la beauté, de la créativité, et surtout d'un passé où ils ne se retrouvent pas tels qu'ils sont, à l'identique, au présent, d'un passé dont ils ne sont pas les maîtres, le centre, la gloire – un passé outrageant, sacrilège, donc. Devant tant d'indigence d'esprit et d'imagination, Clovis finit par ressentir l'écœurement et l'abattement qui ont brisé Yelnat, mais il refuse de s'avouer vaincu pour autant. Pour contenir le désespoir qui l'avait lentement envahi, gangrené, Yelnat n'avait trouvé que l'échappée des routes. Rouler, rouler sans fin, vaille que vaille, comme si la vie allait malgré tout resurgir quelque part en chemin, rouler à perte de vue, plus loin, toujours plus loin ; il n'avait fait que filer à perte de force, à perte de sens, de désir, de vie. Plutôt se tourner vers le ciel, en scruter les galaxies, les nébuleuses, en explorer les profondeurs que de s'obstiner à observer le guêpier humain, s'est exclamé Clovis que la pensée de Yelnat bouleverse chaque fois qu'elle lui vient, oui, se tourner vers cet espace infini où réside l'origine de notre mémoire puisque nous en provenons, planète Terre et tout ce qui s'y est développé, dont les vivants. Au moins, cette mémoire-là, les véhéments, tout acharnés soient-ils, ne parviendront pas à la bousiller, elle reste hors de leur portée. Pour Rufus, le beau livre de cartographie ; de la Terre plate et presque nue flottant sur un océan illimité à la sphère immobile trônant au centre de l'univers, puis en étant détrônée et mise en rotation, et de plus en plus éloignée et minimisée jusqu'à n'être plus qu'une planète parmi d'autres tournant autour du Soleil situé dans la Voie lactée, quelque part dans l'Univers immensurable. Le là-haut céleste, le tout-autour cosmique, et l'ici-bas terrestre. Quelques aperçus, des flambées de découvertes, des îlots de connaissance, beaucoup d'inobservable, d'immémorial, d'inconnaissance. De quoi passionner et faire rêver les deux frères jusqu'à la fin de leurs jours, en conclut Paloma, et, ajoute-t-elle dans le flot de paroles enjouées qu'elle adresse à Abel au téléphone, il faudra ensuite réfléchir aux anniversaires marquants qui suivront, noces de chêne pour les quatre-vingts ans, de granit pour les quatre-vingt-dix, et d'eau pour le centenaire. De l'eau ! On fera une croisière sur les grands fleuves du monde, des petits vieux dansant sur le pont au ralenti, mais avec élégance, n'est-ce pas ?

Abel ne se projette pas si loin, il se concentre sur la fête qui aura lieu prochainement. Il sélectionne des fleurs aux couleurs éclatantes, il range les pots dans des cagettes qu'il chargera dans sa camionnette le matin de son départ. Il y a de grands pavots et des cosmos orangés, des tournesols géants, des reines-marguerites et des dahlias safran, des roses jaune d'or aux pétales frangés de vermeil, des centaurées à grosses fleurs laciniées qui évoquent des boules de feu clair. Il arrivera la veille de la fête pour planter toutes ces fleurs selon une disposition qu'il a déjà en tête, il connaît le jardin dans ses moindres recoins.

D'habitude, Abel n'ouvre pas son ordinateur le matin, ni n'écoute les nouvelles à la radio, et pas davantage le soir. Il n'aime pas être agressé par le fracas du monde dès son lever, ou plombé juste avant d'aller dormir par le poids des mauvaises nouvelles dont regorgent les informations. Il le fait au mitan de la journée, après son déjeuner ; le travail qui a précédé et qu'il reprend ensuite rétablit l'équilibre de ses pensées parfois très chamboulées par ce qu'il a lu ou entendu. Mais depuis ces derniers jours, il passe outre à cette habitude car, à l'approche de la fête d'anniversaire, Paloma le bombarde de messages pour lui faire part des idées qui lui viennent en giboulées, et lui demander son avis ; même LiLing s'y met par moments. Dès son retour du travail, il va donc regarder sa messagerie. Et ce matin, il s'étonne presque de n'avoir reçu aucun courrier, alors il va jeter un coup d'œil sur le blog de Clovis. Celui-ci ne traite pas que de sujets dramatiques, il lui arrive de trousser des charges loufoques sur des évènements mineurs, de détourner des slogans publicitaires ou politiques particulièrement stupides et prétentieux pour en montrer l'inanité et l'imposture. Mais ce qui s'affiche cette fois déconcerte Abel au point qu'il croit s'être trompé de site. Le titre n'est pas du tout dans le style de Clovis, qui n'est jamais grossier, seulement moqueur et décapant : « On a crevé le roi des porcs ! », et il n'y a ni article ni dessin, seulement une photo qui semble extraite d'un film gore, un visage fracassé, couvert de sang. Abel détourne aussitôt le regard de cette image répulsive ; on a dû pirater le blog, c'est déjà arrivé deux fois. Il retourne à sa messagerie, à part un mot bref de Zelda précisant les horaires de son arrivée, aucun nouveau message. Il appelle Paloma, sans succès, puis Clovis, Rufus, chaque fois il tombe sur le répondeur. LiLing ne décroche presque jamais son téléphone, il est normal que ça sonne dans le vide. Après plusieurs autres essais infructueux, il abandonne ; il est l'heure d'aller dans les serres, il rappellera plus tard.

Il a beau se concentrer sur son travail, il ne fait rien de bon, les outils lui tombent des mains, il renverse des pots, ses pieds butent à tout moment contre les rebords des allées, il finit par se cogner la tête de plein fouet contre une vitre, ce qui le laisse un instant sonné et lui vaut la poussée d'une bosse sur le front. Les deux collègues qui le trouvent ainsi, cul par terre, bouche entr'ouverte et une enflure de belle taille au-dessus des sourcils, ne peuvent sur le coup s'empêcher de rire, il est plus comique qu'autre chose. Ils l'aident à se relever et lui conseillent d'aller soigner sa blessure et de se reposer un moment.

Alors qu'il remonte à pas lents le sentier qui conduit des serres à son domicile, Abel aperçoit en surplomb les plantes qu'il a mises de côté pour la fête, alignées le long du mur de la grange, non loin du massif de centaurées. Fleurs jaunes, fleurs bleu-violet, de part et d'autre du seuil de sa maison. Les jaunes sont tassées dans l'ombre, sans éclat, les foncées épanouies en pleine lumière, elles resplendissent. Il s'arrête, regarde ce duo de couleurs aux tonalités inversées, les aiguës sont voilées, assourdies, les sombres sont ardentes. Mais un troisième ton les relie, une discrète basse continue, indéfinissable. C'est ce sourd continuo qu'il perçoit, si prégnant qu'il lui pénètre le corps par tous les sens, va s'enrouler dans son ventre, s'y condense, et éclate. Un cri perçant fuse de sa bouche, si violent qu'il en a un goût de sang dans la gorge. Ce tonitruement est tel qu'on le distingue loin à la ronde, les jardiniers dans les serres, les gens aux alentours s'étonnent d'entendre ce hurlement de cochon qu'on égorge. Mais le cri peu à peu s'affaiblit, il se fait hoquetant, s'entrecoupe de halètements, se transforme en sanglot, finit en pleurs d'enfant.

Il se tient là, tête basse et bras ballants au milieu du chemin, les jambes flageolantes. Mais cette fois encore, avec sa bosse en lumignon sur le front, ses yeux rougis, gonflés de larmes, et qui se cernent de cocards bistre, ses lèvres mouillées qui tremblent, ses dents qui claquent comme s'il avait très froid, il a un air de bouffon triste et il donne presque envie de rire. Mais il se ressaisit, il se redresse, rentre chez lui en hâte, remplit son sac de voyage. Son téléphone, qu'il avait mis sur mode silencieux, affiche qu'il a reçu plusieurs appels, tous provenant de Lucius. Il n'écoute pas ces appels, ne lit pas les messages, il éteint son portable. Il ferme sa porte, enfourne les cageots de fleurs dans sa camionnette, et il prend la route.

Il roule avec application, avec obstination. Il s'efforce de tenir à distance la douleur qui lui lancine le front, lui enserre les tempes, de laisser en sommeil sa pensée, son imagination. Il fixe son attention sur la route, sur le compteur de vitesse, il se maintient à la limite, seul lui importe l'avalement régulier des kilomètres, rien ne doit le ralentir, le retarder. L'espace et le temps ne lui ont jamais paru aussi adverses. Il roule à l'extrême bord d'une faille ouverte dans l'espace et le temps, entre les deux, et au cœur de chacun. Il roule en plein désert intérieur, droit devant.

Il doit se garer loin de la maison, des barrières métalliques disposées tout autour sur un large périmètre en condamnent l'accès. Des gens sont assemblés derrière ces barrières, cou tendu dans l'espoir d'apercevoir quelque chose, quelqu'un, on ne sait qui ou quoi, oreille à l'affût de nouveaux détails, et bouche prodigue en questions, en commentaires, en exclamations et soupirs. Les seules voitures en stationnement dans la zone interdite sont celles de la police. Abel ne cherche pas à s'approcher des grilles, à aborder l'un des policiers. Qu'aurait-il à dire, comment pourrait-il se présenter ? « Je suis le fils adoptif des propriétaires. C'est ici ma maison, celle où j'ai grandi, ai appris à parler, suis devenu un homme. Voyez, là, c'est la fenêtre de la chambre où j'ai longtemps dormi, et où une fille à la beauté solaire m'a dépucelé, et là-bas, au fond du jardin, le pavillon en bois où je me suis par la suite installé, j'y ai d'ailleurs encore quelques objets entreposés. Ce jardin, je le connais comme ma poche. Je suis chez moi ici. Permettez donc que je rentre chez moi. On m'y attend. » Mais de quel droit pourrait-il déclarer cela, quelle preuve pourrait-il avancer ? Il n'a aucun document attestant un lien filial avec les propriétaires du lieu. Et puis, avec son front cabossé et ses cernes brunâtres, il n'est guère présentable. Il rallume son portable, appelle Lucius. Il dit juste : « Je suis là. » Sans demander plus de précision, comme si « là » ne pouvait se trouver que devant la maison inaccessible. Lucius répond : « J'arrive. »

Ils le cherchaient depuis longtemps, cet offenseur impie, leur colère initiale s'était durcie, enracinée en haine, et leur haine infestée de désir de vengeance, désir vite érigé en devoir de justice. Ils avaient fait patience, avaient trouvé sa trace, déniché son nom, son portrait, son adresse, ils avaient alors bien repéré les lieux et préparé leur plan d'attaque. La réalisation de celui-ci s'est révélée bien plus aisée et rapide que son élaboration.

Ils sont venus à trois, se sont glissés dans le jardin avec une souplesse de félins. En passant devant le pavillon, ils ont jeté un coup d'œil par la fenêtre et ont distingué la forme d'un corps couché sur un lit. Ils se sont concertés du regard ; la prudence exigeait d'éliminer tout individu susceptible de donner l'alarme en criant ou en s'enfuyant. L'un a tiré, visant à hauteur de la tête. Un coup dans le mille, sans bruit aucun, ils étaient armés de silencieux. Le tireur est entré pour vérifier s'il ne s'agissait pas de l'homme qu'ils ciblaient, leur mission aurait été sur-le-champ accomplie, mais quand il a arraché la couverture, il a découvert en guise de dormeur une longue boîte et un paquet enveloppés dans du papier cadeau. Bien qu'il n'ait touché qu'un leurre, il pouvait être satisfait de la sûreté de son tir, la balle avait traversé le paquet, l'oreiller, et arrêté sa course dans le sommier. Il est sorti du pavillon, a rejoint ses acolytes, l'un est resté dans le jardin pour faire le guet, l'autre s'est dirigé avec lui vers la maison. Il leur a été facile d'y pénétrer, la porte n'était pas verrouillée, elle ne l'était jamais. Ils sont allés vers la pièce éclairée d'où provenaient des voix. Quatre personnes étaient attablées autour d'un jeu de mah-jong. La première à les voir a été une femme, elle a bondi de sa chaise en apercevant ces deux individus encagoulés de noir qui avançaient à pas lestes, leurs armes braquées vers eux, elle a jeté ses bras en avant en criant : « Non ! Ne faites pas ça ! » Non quoi ? Qui ne doit pas faire pas quoi ? Le temps que ses partenaires comprennent ce qui était en train de se passer, qu'ils perçoivent le chuintement de la balle, Paloma s'est affalée face la première sur la table, écrabouillant la muraille de tuiles édifiée autour du plateau de jeu. Clovis et Rufus à leur tour se sont levés d'un bloc, et sont tombés de même, mais à la renverse, chacun atteint en pleine tête, l'un à l'œil droit, l'autre à la racine du nez. Il restait une femme, figée sur sa chaise, muette, le visage pétrifié. Un beau visage, lisse et nu comme un masque d'ivoire. Elle gardait les yeux fixés sur sa main serrée autour d'une tuile ; l'as de bambou, orné d'une figure de moineau. Tellement crispé, ce poing, qu'on aurait pu entendre le craquement des articulations et celui de la tuile dans l'étau de la paume. Et sa mâchoire s'était contractée pareillement, les os et les muscles maxillaires saillaient sous la peau, mais sans trembler. Le tueur a-t-il été inconsciemment troublé par la beauté insolite de cette femme statufiée ? Il ne l'a pas abattue de face mais d'une balle dans la nuque. Sa tête n'a pas ployé, son buste n'a pas basculé, rien en elle n'a frémi, elle est restée assise le dos très droit, le poing toujours soudé sur l'as de bambou et sa minuscule figure de moineau, ses yeux n'ont pas cillé ni ne se sont fermés, et du trou perforé dans son cou, le sang n'a pas coulé, comme si, à l'instar des muscles tétanisés, il s'était solidifié.

Après avoir liquidé les quatre joueurs, les visiteurs ont poursuivi leur inspection des lieux, l'un a exploré les pièces du rez-de-chaussée, l'autre est monté à l'étage. Des chambres, un petit salon-bibliothèque, des salles de bains, des sanitaires, des placards, deux bureaux. Dans l'un de ceux-ci, il a avisé un ordinateur posé sur une longue table couverte de dossiers, de carnets, de papier à dessin et de pots emplis de crayons, stylos, feutres et fusains, il y avait aussi un smartphone à côté d'une tasse de café. Il s'est approché, a remarqué que la machine n'était pas éteinte, seulement placée en veille, il l'a remise en fonction, a zigzagué avec dextérité entre les diverses icônes affichées sur l'écran d'accueil, a vite trouvé ce qui l'intéressait. C'est alors que l'idée lui est venue d'envoyer un message à tous les lecteurs de ce blog pourri pour les informer de la grande nouvelle, et cette idée s'est enrichie d'une seconde tandis qu'il tapait son annonce – il devait illustrer sa déclaration d'une photo, pour preuve, et aussi comme on exhibe un trophée. Il a saisi le smartphone, est revenu dans le salon, a pris quelques clichés des dépouilles pour les envoyer sur le blog. Une fois la chose faite, il a détruit l'ordinateur en le criblant de balles, pulvérisant le disque dur, puis il a renversé la table et son fatras. Mission terminée, parachevée par sa mise en image triomphale et par le saccage du bureau. Le commando a quitté les lieux aussitôt ; trois ombres sveltes qui se sont dissoutes dans la nuit.

« Prends garde à tes pas quand tu vas vers la Maison de Dieu : approcher pour écouter vaut mieux que le sacrifice offert par les insensés, mais ils ne savent pas qu'ils font le mal », aurait rappelé Monsieur de sa voix frêle.

Ils sont couchés sur des chariots métalliques rangés à l'alignement et à distance égale dans la chambre mortuaire, tous recouverts d'un drap. Abel reconnaît chacun à la forme du corps étendu sous le pan de toile. Il s'arrête auprès de chaque civière mais ne soulève pas le tissu, il ne veut pas voir les faces mutilées, il ne dégage qu'une main de dessous le linge, il la garde longuement dans la sienne ; cette main tient lieu de visage, et ce serrement, d'embrassade autant que de parole. Il ne dévoile que LiLing, la seule qui n'ait pas été défigurée. Mais on n'a pas réussi à lui fermer les paupières, ni à lui desserrer le poing. Ses yeux sont noir glacé, leur fixité est minérale. Son regard est tendu droit dans le vide, comme pétrifié par un excès de visible qu'il ne peut ni intégrer ni refléter ; un regard interdit. Ce n'est pas l'épouvante de la mort qui l'a ainsi médusé, mais l'incompréhension devant une irruption du mal dans son champ de vision, d'une éruption d'idiotie effroyable, de haine jurée contre la vie. Du froid monte de ce regard en embâcle, il s'élève des pupilles dilatées, il sourd du fond du corps. Abel sent ce flux d'air gelé lui piquer les paupières, les narines, les lèvres, lui pénétrer la peau, il en a le souffle coupé. Il remonte le drap. Aucun visage des victimes n'est soutenable, celui de LiLing moins que les autres.

Elle et Paloma avaient laissé des instructions pour leurs obsèques. LiLing demandait à être incinérée ; son corps s'est consumé les yeux ouverts, un poing refermé sur un as de bambou incrusté dans sa paume. Paloma, elle, voulait être enterrée auprès de sa fille Rachel, morte plus d'un quart de siècle auparavant à l'âge de quinze ans. Personne n'avait su que Paloma avait eu un enfant, et qu'elle l'avait perdu, elle n'en avait jamais parlé, pas même à Clovis. Comment aurait-elle pu parler de sa fille *au passé* ? Plutôt se taire que de la reléguer dans un temps jadis, de l'évoquer extraite du présent. Ne pas dire la mort, ne pas la nommer, pour tenter d'en limiter la portée, de contenir la douleur. Sa fille, Paloma la portait en elle, et si elle débordait autant d'énergie, de désir, de pétulance, c'était pour en nourrir cette jeune fille qui n'avait pas eu sa part de jouissance du monde, pour lui maintenir une place sur la terre. C'était pour garder Rachel en vie dans les battements de son propre cœur, et pour tenir le coup, rester elle-même en vie.

Clovis et Rufus sont inhumés ensemble dans le cimetière de la petite ville où ils ont passé presque l'intégralité de leur existence. Il y a foule à leur enterrement, la plupart sont des inconnus, et beaucoup de journalistes. Abel reste à l'écart ; toute parole, tout contact physique lui sont à ce moment insupportables. Il attend que tout le monde soit parti pour venir planter sur la tombe les grandes fleurs jaunes, or et orangées qu'il a apportées.

Le soir, les proches des défunts se rassemblent dans le jardin de la maison redevenu accessible. Zelda a tenu à ce que la fête préparée par LiLing et Paloma soit célébrée, bien que sur un mode très différent de celui qui avait été prévu. Une fête d'hommage et de salutation, de grâces rendues aux quatre morts. Elle a placé la table sous un arbre, aligné en son milieu des bouquets sur toute la longueur, accroché aux branches quatre gros lampions, elle a disposé les couverts, dont ceux des absents – deux à chaque extrémité de la longue table. Un dîner pris lentement, en douceur, et sans presque échanger de propos. Les gestes et les regards, des sourires parfois s'esquissant, des rires furtifs pour contenir les larmes qui n'en coulent pas moins par instants, quelques mots laissés en suspens, le tintement des verres, ce léger bruitage tisse la conversation entre les convives. Puis ils font un lâcher de lanternes volantes, ils se prennent par la main pour former une ronde et tournent à pas glissants sur des airs joués par l'accordéoniste, têtes levées vers le ciel où montent les lanternes dans un frémissement jaune soufre, blanc et paille. Ils dansent avec lenteur et légèreté en regardant cette pluie ascendante d'étoiles éphémères jusqu'à ce que les lueurs se réduisent à des grains lumineux puis s'éteignent une à une dans les hauteurs, laissant la nuit plus noire et les étoiles fixes plus brillantes. Alors Lucius et Si Bassam installent le télescope Newton, opèrent les réglages, et chacun tour à tour vient scruter un pan du ciel, pointant telle ou telle étoile, certains le ciel profond où ne se distinguent que de diffus amas. Il faut bien chercher les voies prises par les disparus, faire comme si on pouvait les accompagner un peu, malgré la distance, comme si on pouvait cheminer encore un moment avec eux, en silence, en complicité lointaine mais étroite. Il faut bien ruser avec le chagrin fou de la séparation. Et il faut vaille que vaille essayer de sauvegarder une capacité d'émerveillement devant le monde, et d'amitié entre humains.

La nuit est très avancée quand ils se quittent, il souffle un vent humide, l'air s'est refroidi. Zelda fait à tous ses adieux, elle ne reviendra plus dans cette ville. Elle prend le livre de cartographie perforé ; le télescope, elle n'en veut pas, qu'en ferait-elle dans sa cabine sur les paquebots où elle travaille ? Qu'Abel le garde et apprenne à l'utiliser. « Et puis, ajoute-t-elle en soulevant l'ouvrage et en regardant Abel à travers le trou, cet atlas est doté d'un oculus, je pourrai toujours observer les lointains depuis ce vide creusé dans l'épaisseur des continents et des mers. »

Il ne rejoint pas cette nuit-là la maison de Lucius qui l'a accueilli à son arrivée, il va à la ménagerie où il a autrefois travaillé, il y pénètre en escaladant le portail et se dirige vers les enclos. Il crochète les serrures des cages et ouvre en grand les portes grillagées de certains des captifs. Mais les bêtes ne bougent pas, ou à peine, trop endormies, ou peut-être retenues par quelque lien invisible fait d'ignorance, de peur, d'habitude. Alors Abel écarte les bras et se met à tourner sur lui-même, lentement d'abord puis plus vite, et à mesure il émet un son sec, un peu grinçant. Des rapaces se redressent dans leurs gîtes en béton, s'ébrouent, déploient leurs ailes, et après une brève hésitation, ils s'envolent l'un après l'autre. Leur vol est lourd, un peu empêtré, mais bientôt il s'affirme. Ceux-là ne reviendront pas. Les quadrupèdes se lèvent à leur tour, s'approchent de l'ouverture, oscillent un instant sur le seuil avant d'oser s'aventurer hors de leur petit périmètre indéfiniment piétiné ; ils partent gambader dans les allées, hument l'espace, vont paître les pelouses, fourrager dans les bosquets. Abel tournoie toujours, ses bras, ses poignets décrivent des mouvements pareils à ceux d'un oiseau décollant de son nid, ses cris se modulent en un bruit sourd qui vibre et râpe l'air. Ses épaules montent, descendent, l'envergure de ses bras s'amplifie, sa tête ploie, ses pieds sautillent avec souplesse, sans bruit. Plus rien en lui ne pèse, il flotte au ras du sol, son corps bruisse comme un feuillage et sa voix sonne rauque, toujours plus saccadée, ponctuée de notes aigres. Il accélère la circulation entre sa respiration et le vent, entre la terre et l'air, il dilate la porosité entre lui et tout vivant, entre les vivants et les morts, il intensifie l'échange entre la nuit et une outre-lumière, entre l'instant présent et l'immémorial. Les bêtes qui s'étaient dispersées s'arrêtent de fureter, elles tendent le cou en direction de ce craillement heurté et bientôt se dirigent vers sa source – un corps qui pirouette en houlant des épaules et sautelant d'une patte sur l'autre. Elles se rassemblent en cercle autour de lui, leur sang pulse dans leur chair au rythme de sa danse

La giration et les battements ralentissent, le râlement décroît, le danseur laisse retomber ses bras, ses genoux fléchissent, il s'affaisse en silence, reste accroupi sur l'herbe. Il frissonne. Le froid qui l'avait pénétré devant le regard irrésigné de LiLing et s'était incrusté en lui comme du givre fond doucement. Mais à ces gouttes glacées se mêlent des coulures chaudes. Ce ne sont pas des larmes s'écoulant de ses yeux, plutôt un pleurement qui s'exsude par tous les pores de sa peau. Une eau trouble suinte de sa chair, de sa mémoire et de l'amont de sa mémoire. Son visage est baigné autant de froid que de chaleur, il luit d'un éclat blanc, exhale une odeur de lait. Les bêtes s'approchent tout près de lui, elles le flairent, l'effleurent de leur museau. Elles lui lèchent la tête, le cou, les mains, elles lapent ses larmes, la sueur sécrétée par son corps en dansant, les ombres mêlées de lueurs répandues en lui par le songe qui l'a étreint. Elles boivent le lait de son chagrin et de son éblouissement. Et lui reprend vigueur sous les petits coups drus des langues enivrées, comme s'il était lavé, frotté par l'eau et les galets d'une rivière.

Le jour commence à poindre, les étoiles pâlissent, mais le jour et la nuit ne sont pas exclusifs, rien ne l'est, sauf la haine en son orgueil inepte, tout s'interpénètre, se ramifie et se féconde. Les étoiles peuvent bien disparaître de la vue, elles ne désertent pas le ciel où elles diffusent leur feu depuis des milliards d'années, et leur lumière survit longtemps à leur extinction. Et il est indifférent aux étoiles d'être on non regardées par des admirateurs, comme cela l'est aussi aux arbres, aux montagnes et aux fleuves, aux fleurs et aux animaux. Seuls les hommes ont ce souci rongeant, et pour être remarqués, autant que pour éliminer qui s'avise de leur faire de l'ombre ou simplement qui ose ne pas les glorifier ni se soumettre à eux, ils sont prêts à tout, à commencer par tuer. Abel se relève, les bêtes s'en retournent vaguer sur les pelouses, brouter dans les massifs. Dans quelques heures, il en sera fini de leur escapade. Il sort de la ménagerie. Il se sent aussi nu qu'au matin de son réveil dans le lavoir d'un village en ruine. Mais il n'est plus avide de découvrir davantage le langage des hommes, il lui suffit de faire bon usage des mots qu'il a appris, de préserver autour de chacun d'eux un espace de silence où les faire résonner. Il n'est plus désireux de plaire à ses semblables, d'être accepté par eux, il lui suffit d'avoir été aimé par quelques-uns et d'avoir aimé ceux-là. Il a reçu sa part de fraternité, des destructeurs la lui ont arrachée, mais sous la douleur de ce rapt, il conserve la joie d'avoir un jour reçu cette part d'amour et d'amitié, et cette joie, personne ne pourra la lui retirer.

# IV

La table branlante des hommes.
Vois combien la nuit consume la voie lactée des âmes.
Monte dans ton chariot de feu et quitte le pays !

Tomas Tranströmer

## DU MÊME AUTEUR

*Aux Éditions Albin Michel*

CÉLÉBRATION DE LA PATERNITÉ (iconographie établie par E. Gondinet-Wallstein), 2001.

MAGNUS, prix Goncourt des lycéens 2005.

L'INAPERÇU, 2008.

HORS CHAMP, 2009.

LE MONDE SANS VOUS, prix Jean-Monnet de littérature européenne 2011.

RENDEZ-VOUS NOMADE, 2012.

PETITES SCÈNES CAPITALES, 2013.

*Aux Éditions Gallimard*

LE LIVRE DES NUITS, 1984.

NUIT D'AMBRE, 1986.

JOURS DE COLÈRE, prix Femina 1989.

LA PLEUREANTE DES RUES DE PRAGUE, 1991.

L'ENFANT MÉDUSE, 1992.

IMMENSITÉS, prix Louis-Guilloux et prix de la Ville de Nantes 1993.

ÉCLATS DE SEL, 1996.

CÉPHALOPHORES, 1997.

TOBIE DES MARAIS, Grand Prix Jean-Giono 1998.

CHANSON DES MAL-AIMANTS, 2002.

LES PERSONNAGES, 2004.

*Aux Éditions Gallimard Jeunesse*

L'ENCRE DU POULPE, 1999.

*Chez d'autres éditeurs*

OPÉRA MUET, Maren Sell, 1989.

LES ÉCHOS DU SILENCE, Desclée de Brouwer, 1996.

BOHUSLAV REYNEK À PETRKOV (photos de T. Kluba), Christian Pirot, 1998.

ETTY HILLESUM, Pygmalion, 1999.

GRANDE NUIT DE TOUSSAINT (photos de J.-M. Fauquet), Le temps qu'il fait, 2000.

PATIENCE ET SONGE DE LUMIÈRE : VERMEER, Flohic, 2000.

MOURIR UN PEU, Desclée de Brouwer, 2000.

CRACOVIE À VOL D'OISEAUX, Le Rocher, 2000.

COULEURS DE L'INVISIBLE (calligraphies de Rachid Koraïchi), Al Manar, 2002.

SONGES DU TEMPS, Desclée de Brouwer, 2003.

ATELIERS DE LUMIÈRE, Desclée de Brouwer, 2004.

PATINIR. PAYSAGE AVEC SAINT CHRISTOPHE, Invenit, 2010.

QUATRE ACTES DE PRÉSENCE, Desclée de Brouwer, 2011.

*Composition : IGS-CP*
*Impression : CPI Bussière en novembre 2015*
*Éditions Albin Michel*
*22, rue Huyghens, 75014 Paris*
*www.albin-michel.fr*
*ISBN broché : 978-2-226-32273-9*
*ISBN luxe : 978-2-226-18489-4*
*N° d'édition : 22010/01 – N° d'impression : 2018119*
*Dépôt légal : janvier 2016*
*Imprimé en France*